بسم الله الرحمن الرحيم

EMİNE ÖZKAN ŞENLİKOĞLU

27 Mayıs 1953 yılında dünyaya geldi. Çocukluğu çok büyük mücadele içinde geçen Şenlikoğlu, bazı adaletsizlikleri küçük yaşta farketmeye başladı. Gençlik yıllarında din arayışına girdiğinden, dinleri araştırdı. İnciller'i okudu. Daha sonra İslâm'a yöneldi ve İslâmî tahsil yapmaya başladı. Fıkıh, Akaid gibi ilim dallarıyla ilgili eşi Recep Özkan ve özel hocalardan dersler aldı. İlk-orta ve İmam-Hatip lisesini dışarıdan bitirdi.

Yurtiçi ve yurtdışında birçok konferanslar verdi.

İlk kitabı olan Gençliğin İmanını Sorularla Çaldılar isimli eserinden dolayı 2.5 yıl cezaevinde yattı. Defalarca mahkemeye verilen, nezarete alınan Şenlikoğlu, 1985 yılından itibaren Mektup Dergisi Genel Yayın Yönetmenliği'ni yürütmektedir.

İki çocuk annesi olan Şenlikoğlu'nun 1984 yılından itibaren çıkan kitapları şunlardır:

1. SERİ: "GENÇLİĞE HATIRAMDIR"

1- Gençliğin İmanını Sorularla Çaldılar
2- Bize Nasıl Kıydınız
3- Mahkum Duygular
4- Burası Cezaevi
5- İslam'da Erkek
6- Ne Olur İhanet Etme
7- Ülkemi Arıyorum
8- Biz Bu Vatanın Nesi Oluyoruz
9- Ruhumun Penceresi
10- Kelepçeli Kalemimden
11- Ağlatan Yollar
12- İnsanlar da Kayar
13- Telefonla Röportaj
14- Önce Soru Sorarlar
15- İsimsiz Kitap (Hiciv)
16- Vicdan Azabı
17- Maria
18- İdamlık Genç

(Bu seri tamamlanmıştır.)

2. ŞERİ: "İNSANLIĞA ÇAĞRI"

1- İnsanlığın Belgeseli
2- Kıbrıs Sular İçinde Bir Yetim
3- Ben Kimin Kurbanıyım
4- Geri Tepen Kurşunlar
5- Radyo ve Basın Röportajları
6- Televizyon Röportajları
7- Uzaktaki Çığlıklar
8- Geçmişin İzleri
9- Sabıkalı ve Dul
10- Çingene
11- İmamın Manken Kızı
12- Son Pişmanlık Fayda Eder
13- Çin İşkencesi
14- Kadınları Kadınlar da Eziyor

(Bu seri tamamlanmıştır.)

3. SERİ: "NESİLLERİN ÖYKÜSÜ"

0- Anne Büyüklere Bir Şey Söyle
1- Şirin Köy
2- Küçük Kız
3- Küçük Kelebekler
4- Yılan Yavrusu
5- Kırmızı Elbiseli Kız
6- Satılık Çocuk
7- Topal karınca
8- Küçük Kızın Umudu
9- Hayâl Çocuk

4. SERİ: "SEVGİNİN SESİ"

1- Hristiyan Gülü

Mektup Yayınları:

Adı : İdamlık Genç
Yazarı : Emine Özkan Şenlikoğlu
Dizgi : Ahmet Kahramanoğlu (534 40 25)
Kapak : Ramazan Erkut

Baskı:Özener Matbaacılık Ltd. Şti.

İsteme Adresi:
mektup
Yayınları

Boyacı kapısı sok.NO:7/1
Malta-Fatih-İstanbul
Tel:(0212) 6353514
5218310-5252706
Fax : 5 3 4 1 8 7 1

İDAMLIK GENÇ

Emine Özkan Şenlikoğlu

MEKTUP YAYINLARI

Okuyucularma teşekkür ediyorum

Rahman'ın adıyla,

Rahman'ı sevenlere.....

Sevgili can dostlar;

Güzellikleriyle, hatalarıyla **İdamlık Genç**'e çok baskı yaptırdınız. Şu anda siz okurken kaçıncı baskıyı okuyacaksınız bilmiyorum, bildiğim birşey varsa, medyada tanıtılmadığı, bir reklamı olmadığı halde, sizin reklamlarınızla eserlerimin bu denli güzel tanıtılmış olmasıdır. Tabii **İdamlık Genç** te sizin gayretlerinizden nasibini aldı. Bu zamana kadar okuyanlar ve okutanlar sayesinde 10 baskı yaptı.

Bu candan ilginize gönülden teşekkür ediyorum. Allah sizden razı olsun ama siz de Allah'tan razı olun.

Sizsiz bir dünyayı düşünemeyen

Arkadaşınız Emine Özkan Şenlikoğlu

DENGELER KANUNU

Birisi Allah için canını vermiş
Bugün buna inanmak güçtür sanırım
Bir adam kedi için canını vermemiş
Çoğu için bu durum gülünç sanırım

Şu dünya'nın işine öyle şaşarım ki
Tüm dengeler kanunu bozuldu sanırım
Bütün sayfaları açtım yeniden
Gerçekler orada toz oldu sanırım.

25.5.'93.
E. Ş. Ö.

BU KİTABIN HİKAYESİ

Yıllar önce dinlemiştim, bu kitaptaki konuyu. Bana çok ilginç gelmişti. İnanması güçtü. Ben de kolay inanılmayacak, tesadüfü bol bir roman yazmayı sevmediğim için, bu olayı roman yapmadım.

Aradan geçen zaman zarfında, bu romanın sonuna uygun fedakar insanlar gördüm. Başkasının suçunu üstlenen, müslüman için gerekirse canını verebilecekler gördüm.

O zaman dedim ki, bu hayatın öyküsü neden roman olmasın? Bazen, bir saatte bile insanlar tamamen değişebilir. O yüzden cesaret aldım ve yazdım.

Ben önceleri gülerek yazdığım bu hayatın başka yerinde alabildiğine hüzünlendim. Öyle hale geldim ki yazarken, neredeyse, hikayenin kahramanlarına seslenecektim.

Onun için sizden ricalarım var.

1. Bu kitabı sakin bir yerde okuyun. Mümkün mertebe, aklınızı başka yerlere göndermeyin!

2. Konunun hangi ülkede geçtiğini merak etmeyin. Zi-

ra birkaç ülke hariç, bütün ülkeler aynı model oldu!!! Çok acı da olsa işin aslı budur.

3. Bu kitabı, bir defa yazın okudunuzsa bir defa da kışın okuyun. Yazın sıcağında, soğuk bir yeri kimse tam anlamıyla düşünemiyeceği için, kışın bir kez daha okumakta yarar olacaktır sanıyorum.

4. Biraz argo kelimeler var romanda. Bu kelimeleri yazarken çok düşündüm "yazmayayım" diye. O zaman da o havayı sizlere sunamayacaktım.

5. Bu eserciğimin orta kısmında biraz alıntı yaptım. Başka kardeşlerimin kitaplarını, öyle veya böyle okuyucuya duyurmak hoşuma gidiyor. Bunu İslâmî bir vazife olarak görüyorum. Bir de şöyle düşünüyorum, belki benim yazdıklarımdan faydalanamayan birisi, alıntı yaptığım kitaptan faydalanır.

6. Aslında bu kitabıma roman demek istemiyorum. Çünkü ben, benim çalışmalarımda roman kanunlarının çoğunu öldürdüm. Zira bana göre, Allah kanunu olmayan hiç bir kanun dokunulmaz değildir.

7. Ömrüm olursa başka eserler de yazacağım ama bu kitabımla gençlere hediye ettiğim seri tamamlanmış oluyor.

Yıllarını bu davaya vermiş biri olarak ben gençleri unutmadığımı bu serim ile ispat etmiş oldum... Hatta, yaşlıların evlatlarını da unutmadım.

Gençler! İnşaallah oyuna gelip sizler de beni unutmazsınız. Öylesine sizlere güven duymuşum ki, mezarımı bile ziyaret edeceksiniz diye düşünürüm. Ve bir beklentim daha var. Ben, bu davaya adım attığım günden beri davamıza ihanet etmedim. İnanıyorum ki, sizler de ihanet etmeyeceksiniz. Canlar kurban davamıza!

Evet bu kitabımla beraber "Gençliğe Hatıramdır" serim son buluyor. Gençlere ve yaşlıların evlatlarına bu serimi armağan ediyorum. Beni taa gençliğimden beri destekleyen, hiç kimsenin olumsuz propagandalarına aldanmayan, hatalarım olduğu vakit "Şenlikoğlu hatasını birgün mutlaka görür ve düzeltir" diye bana hüsnüniyetle bakan siz değerli okuyucularıma, candan teşekkür ediyorum.

Sizlere seslenme ihtiyacı duydum.

Beni çok iyi tanıdınız... Ben her grubu destekleyen bir müslümanım. Birbirine zıt grupları bile şer'i ise seviyor, hatalarına üzülüyor, iyi yönlerini taktir ediyorum. Biliyorum ki bu bir aşama devresidir.

Bazen sizin sevmediğiniz bir iş yapmışımdır. Parti tutmak veya tutmamak, televizyona çıkmak gibi.. Belki sizin anlayışınıza hiç uymayan işler yapmama rağmen benim okuyucum olmaya hep devam ettiniz. İşte sizin bu istikrarlı haliniz bana daha da çalışma azmi veriyor. Beni mutlu ediyor.

Bana diyorlar ki, "neden her romanında din var". Bende diyorum ki; Neden onların her romanında dinsizlik var? Bu hayatta dinden daha önemli ne olabilir ki!?

Her kitapta yazdım yine yazıyorum. Siz okumuyor olsanız biz yazmayız... İşte ben de yine bir fikir kitabı yazdım ve sizlere sundum. Beğenirseniz her zaman olduğu gibi, çok basmasına, okunmasına sebep siz olacaksınız. Biz televizyonlara şimdilik reklam vermiyoruz. Zaten sizler buna ihtiyaç ta hissettirmediniz. Yazdıklarımı öve öve göklere çıkardınız. Halk da alıp okudu, ufuklara çıkardı.

Benim dünyalık sadık yarim, her şeye rağmen okuyucum olanlardır dedim haklı olarak. Hayatın içindeki bu eser kardeşlik anlayışının fedakarlık ruhunun en derinini sunuyor. İşte bu kitabın hikayesi bu. Başka birşey söyleyemiyorum. Ama sizler okuyunca inanıyorum ki çok şeyler söyleyeceksiniz. Şimdiden sizleri duyar gibiyim.

Ve sizi İdamlık Genç'le başbaşa bırakıyorum. Dilerim Allah faydasını nasip eder.

Allah yar ve yardımcımız olsun. Ya dertlerimize çare, ya da sabır ihsan etsin.

Allah'a emanet olun benim candan okuyucu kardeşlerim. Allah Cellenin emanet aldığı kul, ölüme gider ama asla ebedi cehenneme gitmez.

Hürafelere ve tefrikaya savaş açmış bacınız

Emine Özkan Şenlikoğlu

25.4.'93

İSTANBUL

İDAMLIK GENÇ

— Şu koğuşun kaç adım olduğunu saydım mı ben? Yoo saymadım. On yıldır her gittiğim cezaevlerinin koğuşlarını adımladım, helâlarını karışladım. Şu koğuşa geleli bir saat oldu hâlâ burayı bilmiyorum.

Aynı koğuşu paylaşan ikinci mahkûm sordu:

— Arkadaş kendi kendine mi yoksa benimle mi konuşuyorsun?

— Ne farkeder? Ben adam değil miyim? Madem ki adamım öyleyse kendimle de konuşurum.

İkinci mahkûmun tuhafına gitmişti bu cevap.

— İyi ya konuş ta, gizli konuş. Dün gece sabaha kadar işkence gören sen değil bendim, uykum var arkadaş uykum.

— Tamam tamam kes be zırıltıyı... Bir adım iki, üç, dört, beş, altı, yedi. Tam yedi adım boyu var bu koğuşun...

— Gizli konuş dedik ya.

— Tamam dedik fazla kafa ütüleme. Şimdi genişliğine bakalım. Bir, iki, üç, dört, beş. Vay be... Bu kadar geniş yere bir ranza koymuşlar... Söylesene senin suçun ne?

İkinci mahkûm

— Irza tecavüz.

— Nee? Şerefsizim, hiç öyle bir nâmussuza benzemiyorsun. Adın ne?

— Adım Abdullah el Râbiğ. Seninki?

— Benim adım piç Vedat.

Abdullah'ın hayretten ağzı açık kalmıştı.

— Piç mi?

— Evet piç.

— Sen şimdi kendine piç mi dedirtiyorsun?

— Sevdiklerim söylerse piç Vedat'ım. Sevmediğim piç derse, şerefim beni çarpsın onu duvara mıhlarım.

— Amma anlaşılmaz adamsın.. Mademki lakabın piç, seven de söyler sevmeyen de.

— Olur mu kardeşim? Seven söylerse kötü niyeti yoktur, ama sevmeyen söylerse lakabımı her söylediğinde benden intikam alır... Ona söyletmem.

— Şöyle otur da konuşalım bir aşağı bir yukarı gezme.

— Ben gezmeden duramam. Şerefim çarpsın patlarım arkadaş.

Abdullah:

— Yahu ne biçim yemin bu?

— Niye, beğenmedin mi?

— Tabi beğenmedim öyle yemin mi olur?

Vedat:

— Onu ben icat ettim. Benim hünerim.

Abdullah kafasını sallayarak:

— Yemin icadı da hiç duymadım. Bu yeni moda mı?

— Niye be? Ekmek çarpsın diyen adam bu yemini

nerden uydurmuş? Ekmek adam mı çarparmış? Baksana en büyük nâmussuz bile "nâmusum ve şerefim üzerine" diye yemin ediyor. Bu yeminleri beğenmedim ben de yeni bir yemin icat ettim... Nasıl ama? Şerefim çarpsın bu yeminim tuttu. Öteki cezaevindeki arkadaşlar bile böyle yemin ederler. Ama sen böyle yemin edemezsin.

Abdullah:

— O niye?

— Sende şeref yok ki çarpsın. Bir çocuğa tecavüz etmişsin.

Abdullah hayretle:

— Nereden duydun?

— Gardiyan söyledi.

Abdullah:

— Bana şerefsiz deme. Bilmediğin işler var. Hem de çocuk değildi. Onüç yaşındaydı, kendi geldi yanıma. Beni tahrik etti. Analar kahpe doğurup, kahpece büyütüyorlar. Sonra başımı derde sokuyorlar. Zaten televizyonda beni tahrik eden film vardı. Kafayı da çekmişim..

— Neyse beni ilgilendirmez.

Sonra birden duraklayan Vedat ranzalara baktı.

— Yahu bir sen varsın bir de ben. Ben böyle sıkılırım. Acaba kimse gelmiyecek mi?

Bu arada gardiyan çavuş kapıyı açıyordu. Getirdiği bir mahkûmu içeri atarak söylendi.

— Alın şunu içeri.

Üçüncü mahkûm gelmişti. Vedat hoşgeldin demeden sordu:

— Aman Allah bu ne şişkoluk. Yahu seni tartan kantar var mı bu memlekette?

Çok şişman olan adam, suratını asarak ağlamaklı bir ses tonuyla sordu:

— Aman bu ne biçim yer gardiyan bey? Rica ederim ben buralarda kalamam. Ayy ömrümde böyle yerde kalmadım. Ben burada kalamam.

Şişman adamın konuşmasından sonra Vedat veriyor cevabını:

— O halde buyrun beyefendi sizi dışarı alalım.

Suratını buruşturmaya devam eden şişman adam, şaşkın şaşkın duvarlara bakıyor, adeta şok geçirerek yine söyleniyordu:

— Ay vallahi ben buralara dayanamam. Böyle yerlere hiç alışık değilim.

Çok muzip bir insan olan Vedat'ın sesi bu defa sinirli sinirli çıkıyordu.

— Ulan it oğlu it, biz çok mu dayanıklıydık ha? Buralara dayanamazmış. Bize hakarettir ulan bu. Geç bakalım şu ranzanın ikinci katına çık. Kuzu kuzu otur da aklın başına gelsin.

Şişman adam ürkek bir tavırla, duvara dayanmış olduğu halde cevap verdi.

— Aman Tanrı korusun, dünya'da çıkamam oraya.

Vedat ellerini sallayarak cevap verdi.

— O halde yerde yatarsın. Bak ikinci kat benimdi, senin üçüncü katta yatman lazımdı ama ben ücüncü kata çıkıyorum... Mademki beğenmiyorsun o halde ben yerime geçiyorum.

Şişman adam korkmuştu:

— Tamam tamam... Rica ederim kırılmayın. Aman Allah! Vallahi ben burada yatamam.

Vedat gezinirken birden duraklayıp nefretle bağırdı.

— Sus artık... Ben bu sözü duymaktan bıktım.

Vedat kıdemli olduğu için her soru ona soruluyordu. Yine sordular.

Abdullah:

— Buralarda başka koğuş yok mu? Her yer böyle kalabalık mı?

Vedat devamlı kendisine sorulmasından rahatsızlık duyuyordu ama yine de cevap vermek zorunda kalıyordu.

— Ülkede bir takım ayaklanmalar olmuş, devlette tuttuğunu getirince her taraf dolmuş; yani bundan başka rahat yer yok, tamam mı?

Şişman adam korkulu ses tonuyla yine soruyor:

— Aman Allah'ım. Ben ne yapacağım?

— Ne yapacağını nerden bileyim canım. Madem ki öyleydin suç işlemeseydin, neden suç işledin?

Şişman adam saf saf cevap verdi.

— Ben işler miyim suçu, babamın yüzünden oldu. Fabrikaların bir kaçını benim üzerime yapmıştı. Meğer birini kaçak çalıştırıyormuş... Anlayacağınız beyefendi, ben babamın hatası yüzünden buradayım.

Yine kapının sesi duyuldu.

Abdullah merak etmişti.

— Acaba yemek mi geldi?

Vedat:

— Bu saatte yemek olmaz.

Gerçekten de yemek değildi. Gelen gardiyan yine bir mahkûm getirmişti. Şöyle kaşlarını çatarak Vedat'a baktı.

— Alın bunu içeri.

Vedat fena sinirlenmişti.

— Ama yer yok abi. Pastırma mı olacağız burada? İki kişiyle canım sıkılıyor dedikse, adam doldurun demedik ya.

Gardiyan da sinirlendi:

— Bir ranzada iki kişi yatın. Başka çare yok.

— Ama bu imkansız. Hele bu şişko...

— Ne yapayım be. Sizi ben mi davet ettim? Suç işlerken düşünseydiniz.

Şişman adam:

— Ay vallahi bayılacağım. Ben bu ranzaya sığmazken birde iki kişi mi aynı ranzada yatacak?

Vedat suratını buruşturarak cevap veriyor:

— Ulan senin iki kişiden neyin eksik ha? Şerefim çarpsın senin fazlan var. Al işte ben bütün bir adamım elli dört kiloyum, iki elli dört ne yapar yüzsekiz, sen en az yüzellilik varsın. Hâlâ daha iki kişiden bahsediyorsun.

Şişman adam imdat isteyen bakışlarını gardiyana çevirerek:

— Gardiyan Beyefendi, ağabey... Benim buradan çıkma imkanım yok mu? Valla çıldırıyorum.

Vedat:

— Kes sesini be.

Şişman adam neye uğradığını şaşırmıştı. Vedat on yılını ceza evinde harcamış bir insan olarak bıkmıştı bu sözlerden. Onun için tahammül edemiyordu. Sinirli sinirli konuşan Vedat, beşinci mahkûma soruyordu:

— Suçun ne?

— Cinayet.

— Ceza aldın mı?

— Yarın sabah son mahkemem olacak. Merkez cezaevinden onun için geldim.

Vedat şöylesine elini kolunu salladıktan sonra düşünceli bir yüz ifadesiyle ayakta duran mahkûma sordu:

– Yani idamlıksın?

O da hiç düşünmeden cevap verdi:

— Evet ya...

— Ama hiç üzgün ve idamlık bir adama benzemiyorsun, hayırdır inşaallah bir durum mu var?

Vedat adamın aklından şüphe ettiği için soruyordu. Ama farklı cevap aldı.

— Satmışım anasını bu dünyanın. Yaşamak istemiyorum ki. Boğazıma bir ip... Gık diye gideceğim. Bu dünyadan zaten bıktım. Ölümü özledim abi ölümü. Şerefsizim öteki dünyanın cehennemi bu kadar yakmaz adamı. Şu halimize bak. Asgari ücret. Filmler çocuklara lüks hayranlığı veriyor. Sen de para bulamıyorsun. O zaman da ne yapıyorsun; hem düzenin anasına küfrediyorsun, hem de çalıp çırpıyorsun. Onun için ölüm daha güzel.

— Hah hah hayy... Cehennemi görmeden atmak ne kolay şey öyle. Benim bir hocam vardı da kendini öldürmek değil, zalim sistemi öldürmek yiğitliktir derdi...

Vedat konuyu değiştirerek:

— Şimdi ne yapalım ranzalar dolu?

Son gelen mahkûm.

— Bilmiyorum. Ben hemen uyuyacağım.

— Nee! Uyuyacak mısın? Ulan yarın idam cezası alacak adam uyur mu?

Mahkûm alabildiğine dünyasından bıkmıştı.

— Uyur be abi, çektin mi o biçim görürsün dünyayı.

Şişman adam yeni kavramıştı olayı. Aptal aptal sordu:

— Nee! Şimdi idam mı edileceksin?

— He ya!

— Aman Allah, galiba ben aklımı oynattım. İnsanlardan değişik sesler duyuyorum. Demek ki sen idam edileceksin. Anneee. Ben idamlıkların içinde yatamam. Burdan hemen çıkmam lazım.

— Vedat:

— Çıkacaksan çık ama çıkana kadar sesini çıkarma. Çok saçmalıyorsun çünkü.

Vedat kıdemli mahkûm olduğu için çareleri bulmuş ranzanın birinci katını şişkoya vermişti. O da ranzadan olayları şaşkınlıkla izliyordu.

Vedat:

— Çare yok idamlık, seninle ben en üst ranzada yatacağız. Madem hap aldın hemen uyursun. Çık bakalım da zıbar üst katta, ben de yatma zamanı gelirim.

Son gelen mahkûm merak etmişti.

— O zamana kadar nerdesin abi?

Suratını alaylı bir şekilde ekşiterek cevap verdi Vedat.

— Kahveye kadar gidiyorum da... Ulan burası ceza evi nereye gidebilirim ha? Tabiki burdayım.

İdamlık üst kata çıkar çıkmaz uyumuştu.

Şişman adam hâlâ korkudan titriyordu. Tecavüz suçlusu da ikinci ranzada durmadan konuşuyordu:

— Olmaz olmaz. Böyle olmaz...

Şimdi koğuşta beş kişi olmuşlardı. Gardiyan yine gelmişti kapıya... Bir mahkûm daha getirmişti. Vedat çıldırmışcasına bağırıyordu:

— Bu koğuşta insan turşusu mu kuracaksınız be? Nereye sığacak bu mahkûmlar?

Gardiyan da mahzun olmuştu.

— Ne yapalım? Bu gün sürüsüne bereket yağmur gibi mahkûm yağdı. Yapmayın suç, biz de rahat edelim, siz de rahat edin. Haltlar yersiniz yersiniz sonra da koğuş beğenmezsiniz. Dua edin başka cezaevlerinde bir ranzada üç kişi yatıyorlar.

Vedat yüz hatlarını buruşturarak sordu:

— Abi bir ranzaya üç kişiyi nasıl sığdırıyorsunuz? Adamları katlayıp mı koyuyorsunuz ranzalara? Başka türlü nasıl sığarlar ki?

Gardiyanın umurunda bile değildi bu durum. Pervasızca cevap verdi:

— Uzanarak uyumuyorlar, oturarak uyuyorlar.

— Demek şimdi üç kişilik ranzada beş kişiyiz. Aman bu da bir lutüf demek ki, aman daha getirme abi. Gözünün bebeklerini yiyem.

Şişman adam suratını miğdesi bulanıyormuş gibi yaparak:

— Aman tanrım... Göz bebeği de yenir mi?

— Yeniiir yenir. Burada adamın dışkısını bile yedirirler adama.

Gardiyan gitmişti.

Vedat elinde tesbih bir aşağı bir yukarı volta atıyordu... Boy yedi adım, en beş adım... Biri üç kişilik olmak üzere beş de adam. Vedat adımlarını sayarak zamanı geçirmeye çalışıyordu.

Koğuşta mahkûmlar sigara içiyorlar koğuş sigara dumanından görünmüyordu.

Şişman adam ranzaya uzanmış, bedeninin bir kısmı dışarıda kaldığı halde yatıyordu. Ömründe hiç sıkıntı görmemiş olan bu adam şokunu atlatamıyordu:

— Ben burda yatamam. Lütfen beni anlayın.

Vedat yine suratını ekşiterek:

— Yaa! demek yatamazsın. Ben çok iyi yatarım, çok severim buraları... Bayılırım... Ben buralarsız yaşayamam... Ben hapishane çocuğuyum çünkü.

Şişman adam başka atmosfere girmişti bu defa. Vedat'a seslendi.

— Vedat Bey şu sigaramı yakar mısın?

Vedat volta atarken birden şişman adama döndü:

— Ben mi yakacağım sigaranı?

— Evet rica ediyorum.. Bir Camel de sana veririm. Üzerimi aradılar, bir paket sigaradan yarısı kalmış. Almışlar. Ne ayıp şeyler yapıyorlar... Yak yak şu sigaramı yak.

Vedat volta atarken birden duraklamış yan yan bakarak;

— Yok be... Ben senin uşağın mıyım? Az ye de kendine uşak tut. Serseri... Babanın bizden çaldığı paralarla bize hava mı atıyorsun? Bana bak top gibi elime alır seni duvara fırlatırım.

Aradan iki saat geçmişti ki aynı gardiyan yine soruyordu:

— Hey! Bu koğuşta yer var mı?

Vedat adeta çıldırırcasına cevap veriyordu:

— Bu koğuş balık konservesini çoktan solladı. Yeter be yeter. Yıllardır kapatılan koğuşu bu gün açmışsınız bu gün de doldurmayı mı planladınız? Herhalde sen bizi fare büyüklüğünde birşey sanıyorsun gardiyan bey.

— Sus ulan! Sana mı soracağız? Yer var mı dedikse, senden izin aldığımızı mı sanıyorsun?

— Valla üç katlı ranzada boş yer sadece kafamın tepesi var. İstersen getir mahkûmu kafama oturt.

Gardiyan sinirli sinirli sordu:

— Sen hâlâ daha susmayı öğrenemedin mi?

— Ne konuştuk be? Bırak reconumuzu bozma, yarın voltamı alıyorum. kurtuluyorum. Sizden de duvarlarınızdan da bıktım. Alın işte sizi size veriyorum. Gardiyan hâlâ anlayamamıştı. Sordu.

— Yarın tahliye misin?

— Evet evet... Şu kitapsız yerden yarın gidiyorum.

Gardiyan:

— İyi ya sana vereyim bu mahkûmu... Beraber yatın.

— Abi nasıl yapayım bu işi. Bizim ranzanın genişliği altmış santim... Bense enaz seksen santimlik alanı kaplıyorum. Sence bu işi nasıl becerebiliriz?

Gardiyan çok sinirlenmişti.

— Kes be kes. Zaten yenigelen mahkûm yarın asılacak.

Vedat hayretini gizleyemeden umulmadık konuda sordu:

— Yapma be! Ne kadar mortu çekecek olan varsa onu benim yanıma postalıyorsun. Sabaha kadar zırlar dururlar. Gözünü sevem abi, bu gece rahat bir uyku çekmek istiyorum. Mortu çekecek adamı başka yere at. Zaten başımda bir çatlak var. Şu şişkoyu nerden başıma sardınız bilmem. Adam çok zengin babanın oğlu, hepimizi kölesi sanıyor. Çenesi dırdır hiç durmuyor. Sizde insaf varsa buraya başka mahkûm getirme.

— Tamam tamam sen ileri gittin. Mahkûmu buraya getiriyorum. Öteki koğuşlarda yer yok.

Vedat bu defa tam anlamıyla sinirlenmişti.

— Tabii burada o kadar çok yer var ki, ben bu meydanda at koşturuyorum... İstersen futbol takımı bile kurar, şu meydanda oynarız.

Gardiyan Vedat'ı dinlemeden gitmişti. Beş dakika sonra yanında idamlık mahkûmla koğuşa gelmişti.

— Hadi bakalım gir şuraya. Yarın sabah saat altıda ipe çekileceksin. Aklın da başına gelir.

İdamlık mahkûm sormadan duramadı.

— Ama burada yer yok ki? Beni neden buraya getirdiniz.

— Senin için ne farkeder. Yarın nasılsa öteki dünyaya gideceksin. Bu gece şu betonda da yatsan olur. Nasıl olsa yarın akşam kar altında toprağın içinde yatacaksın. Senin için hiç birşey farketmez.

İdamlık mahkûm vakarlı bir eda ile cevap verdi.

— Yanlışınız var. Allah'ın izniyle ben toprakta yatmayacağım.

— Yaa... Nerde yatacaksınız? Size özel bir yer mi var?

— Çiçeklerin içinde, kuş tüyü yatakta yatacağım.

Bu defa Vedat sormadan duramadı.

— Yok ya! Kabrine çiçek ve kuş tüyü mü koyacaklar? Sen hasta mısın be? Senin mezarını hiç kimse görmeyecek bile. Kaldı ki çiçek...

İdamlık genç sordu.

— Kim görmeyecek?

Vedat:

— Akrabaların... Çiçekleri kim gönderecekse...

— Bana çiçekleri gönderecek olan akrabam değil ki! Bana bütün akraba ve dostlarımdan daha yakın olan biri... Siz mezarımı hiç kimseye göstermeseniz bile o beni çok iyi bilen ve bulduracak olandır.

Vedat'ın aklı karmakarışık olmuştu:

— Haydaaaa. Oğlum senin bahsettiğin insan kim? Olsa olsa cezaevi müdürüdür. O da niye sana çiçek ve kuş tüyü yatak göndersin ki? Sana çiçek gönderecek adama da hiç benzemiyor hani?..

Ayak üstü konuşan mahkûmlar sohbet edercesine devam ediyorlardı.

— Siz hangi müdürden bahsediyorsunuz?

— Cezaevi müdüründen. İdam edilenlerin yerini sadece o bilir.

— Ama ben Allah'tan bahsediyorum, müdürden değil.

Vedat:

— Vah vah... Nihayet kafayı fırlattın ha?

İdamlık genç.

— Hayır aklım yerinde. Çok şükür henüz gitmedi, gitmesi içinde bir sebep yok.

Vedat:

— Ne yani şimdi sen, yarın akşam mezarda, toprağın içinde olmayacak mısın?

Gardiyan ömründe böyle sakin idamlık görmediğinden şaşkın şaşkın bakıyor, idamlık genç te cevap veriyordu.

— Hayır. Öyle umuyorum, Allah beni cennet bahçesine götürecek.

Vedat alaylı alaylı sordu:

— Ne zaman?

— Ölür ölmez.

— Nerden biliyorsun ki seni cennet bahçesine koyacağını?

— Kur'an'da; "Allah yolunda gidenlere müjdeler var" diyor. Ben de Allah yolunda gidiyorum. Onun için umutluyum. Ben onu çok seviyorum. İnanıyorum ki o da beni seviyor. Allah sevdiklerini yakmaz, her insanı da sevmez.

— Nerden biliyorsun ki sana mükâfat vereceğini? Belki seni sevmiyor.

— Allah vaadinden dönmez. Ben onu seviyorum O'da beni seviyor. Çünkü tövbe ettikten sonra Allah'ın sevmiyeceği hiç birşeyi yapmadım.

— Yahu sen niye idam aldın? Karıların göbeğine Muska mı yazdın? Ne yaptın?

— Ben o sahtek ârlardan değilim. Ve ben müslümanım.

Gardiyan sordu bu defa.

— Niye idam aldın o halde?

İdamlık genç soru sorarak cevap veriyordu.

— Muska yapanlar idam mı alıyorlar? Kaç muska yapan idamlık gördünüz ki siz. Merak ediyorsanız suçum dosyada var. Bakın dosyaya da siz karar verin, benim suçumun ne olduğuna. Vedat sıkılmaya başlamıştı. Gardiyan devam etti konuşmaya:

— Neyse söylemek istemiyorsan... Zaten bir gece kalacaksın, idare et... Bak sandalye de var koğuşta. Başka cezaevlerinin koğuşlarında sandalye var mı? Şunun şurasında sabaha kadar ömrün var. Sandalyede bile kalırsın. Henüz idamın farkında değilsin. Tabii şu anda şok yaşıyorsun, onun için farkında değilsin ölümün.

— Ben ölmeyeceğim ki?

Gardiyan:

— Yok ben öleceğim. Oğlum sen deli misin be? İşte elimde dosyan. Darağacın da kuruldu... Öleceksin, ötesi var mı bu işin?

— Şehidler ölmez... Beni İslâm için şehid edecekler... Allah yolunda ölenler acı da duymazlar.

— Yok yok sen çıldırmışsın... Resmen oynatmışsın sen.

Vedat girdi araya:

— Normal değil mi abi? Adam yarın mortu çekecek. Akıl oynatmasın da ne yapsın? Bırak garibanı çiçeklerin içinde hayal etsin kendini. Sen bırak git be abi. Başka mahkûm varsa onu da getir. Burası mahkûm kavanozuna dönsün.

— Ne yaparsanız yapın... Alın bunu da.

Gardiyan koca koca kilitlerle kapıyı kilitleyip gitmişti. Şimdi bu daracık koğuşta altı kişi vardı. Üç katlı ranzada yatan beş kişi varken altıncı mahkûmun gelişi çıkmazlar açmıştı. Şişman adamın yanına bir kişi daha yatamazdı. Koğuştaki herkes şaşkındı. Öteki idamlık ise çoktan uyumuştu. Orta ranzada yatan sakallı mahkûmsa, yarın idam edilecek gence bakıyordu. "Bir insan nasıl bukadar soğukkanlı olabilir" diye düşünüyordu.

Koğuş soğuktan âdeta buz dolabını andırıyor, Vedat sigara elinde aşağı yukarı gezinip arada bir nâra atıyordu.

Mahkûmların dördü bu gün gelmiş. Vedat on yıllık mahkûm. Son gelen idamlık ta merkez cezaevinden getirilmişti.

Son mahkûmdan sonra şişman adam iyice sinirleniyordu bu işe:

— Nedir kardeşim bu? Ben bu daracık yerlerde yatamam ki.

Vedat, koğuşta gezinirken birden yine durdu. Şişman adama dönerek:

— Babana emret de seni Hilton oteline aldırsın. Ulan on yıldır şu cezaevlerinde süründüm, bir tane süper zenginin buralara geldiğini görmemiştim. Demek ki siz buraları beğenmediğiniz için gelmiyorsunuz ha! Ulan biz keriz miyiz ha? Biz bilmeyiz mi keyfimizi? Bizim alnımızda "bu adam cezaevinde yatmaya dayanıklıdır" diye bir mühür mü vardı?

Şişman adam saf saf sordu:

— Sen benden ne istiyorsun anlayamadım efendim? Ben buralarda yatamam diyorum size. Bu sözümde ne var?

Vedat:

— Eşşek gibi yatacaksın. Canımı sıkma ulan. Gelir seni aşağıya atarım ha... Çattık be... Yarın çıkıyorum başımı derde sokma. Sinirlendirme beni.

— Ben size ne yapıyorum ki.

Vedat yan yan bakarak cevap verdi.

— Konuşman canımı sıkıyor...

Şişman adam.

— Ama bu ranzaya ben sığmıyordum, şimdi bir de mahkûm verdiler.

Vedat ellerini açıp dua eder gibi konuştu:

— Allah'ım sen bana sabır ver. Delirtecek bu şişko beni.

Vedat avazının çıktığı kadar bağırmaya başladı.

— Ulan ben sığıyor muyum bu ranzalara? Kes ulan sesini. Anam avradım olsun tepem atıyor haaa! Daha yeni gelen arkadaşımıza bir hoş geldin bile demedik. Seninle uğraşmaktan fırsat bulamadık ki. Evet delidir, ne söylese yeridir ama yine de ilgilenmek ister... Zırıltıyı keste bu köstebek gençle bir kaç laf edelim. Bir daha zaten konuşamayacak... İdamlık gence baktı birden bire, sonra tekrar devam etti.

— Üstelik bu gariban, mezarlığının, çiçek bahçesi olacağından oldukça emin görünüyor.

Bu arada üst ranzadan horlama sesi geliyor... Vedat yine sinirleniyordu. Üst ranzaya kafasını kaldırarak seslendi.

— Yahu bu gece rahat etmek istiyorum. Şu zırıltıyı kesin be. Siz hiç insan halinden anlamaz mısınız?

Sonra yine sordu:

— Niye horluyor bu adam?

Şişman adam:

— Ben nerden bileyim?

Vedat emir verir bir eda ile.

— Uyandırın şunu.

Şişman adam:

— Ben ranzanın birinci katına zorla çıktım, taa üçüncü kattaki adamı nasıl uyandırayım? Sen çık şuraya uyandır.

Vedat stres doluydu.

— Bana bak süt çocuğu. Bana emir veremezsin tamam mı? Bana piç Vedat derler. Piçlerim adamı.

Şişman adamı korku sarmaya başladı bile. Kekeleyerek konuştu.

— Ke... kendine piç diyen hiç görmedim. Senin baban mı yok?

— Sana ne ulan babamdan?

Vedat başka bir şey söylemeden volta atmaya devam etti. İdamlık genç te şaşırmıştı... Kimseden ses çıkmayınca horlayan mahkûmun horlama sesi duyuluyordu. Vedat'da bu sese dayanamıyordu.

— Hâlâ horluyor.

Orta kattaki mahkûmlardan biri sordu:

— Bu cezaevleri hep böyle midir?

Vedat'ın soruyu düşünmeye bile zamanı yoktu.

— Evet hep böyledir.

— Ama ben eskiden de gelmiştim. Çok geniş koğuş, bol ranzalar vardı. O zaman mahkûma daha da saygılı davranıyorlardı. Şimdi ise umurlarında bile değil baksanıza. Bu daracık ranzaya iki kişi nasıl sığar?

Vedat:

— Senin o tarihte şansın varmış, af zamanı gelmişsin demek ki. Ben de aftan iki gün sonra geldim... İyi iyide...

Dişlerini sıkarak bağırmaya başladı yine:

— Ulan ben bu cezaevinin bekçisi miyim ha? Sizi ben mi tıktım buralara? Ben miyim buraların sahibi, niye hep bana soruyorsunuz?

Bu arada idamlık genç sordu:

— Afedersiniz, buranın kıblesi ne taraf?

Vedat ellerini arkaya bağlayıp, ranzada oturanlara şöyle bir baktıktan sonra, buz kesilmiş gibi durdu. Adeta şok geçiriyordu. Sanki yıldırım çarpmıştı Vedat'ı. Sordu:

— Ne kıblesi be?

— Kıble işte, namaz kılacağım.

— Buralarda namaz-mamaz olmaz.

İdamlık gençle göz göze geldiler. Vedat kıpkırmızı olmuştu, "buralarda namaz-mamaz olmaz" derken idamlık genç sordu:

— Neden? Buraların Allah'ı yok mu?

Vedat, soruyu başından atarcasına cevap verdi.

— Yok bunlar Allah'sız.

İdamlık genç:

— Hayır. Allah'sız insan yoktur. Ama ona inanmayan insanlar vardır... O dünyaya gidince var mı yok mu görecekler. Neyse, demek kıbleyi bilmiyorsun?

Vedat birşeyler gizliyor gibi cevap verdi.

— Ben anamdan doğduğum günden beri kıbleyi hiç sormadım bile.

İdamlık genç:

— Neden? Bunca yıldır Allah'a secde etmeden, ondan uzaklarda mı yaşadın? Hiç rabbine secde etmek istemedin mi?

Derin bir nefes alarak devam etti idamlık genç:

— Ona secde etmeden nasıl yaşar insan? Nasıl kahrolmaz anlayamıyorum... Ben nasıl durmuştum onu da anlamadım. Fakat sen demek ki, Allah'a tenezzül etmedin ha? İhtiyaç ta duymadın? Sonra vaz geçti sormaktan. Peki kıbleyi güneşle de bulabilirim. Güneş nerden doğuyor onu söyle bana yeter arkadaşım.

Vedat:

— Güneş mi? Eski cezaevindeyken güneşin doğduğu tarafı biliyordum. Ama hücre cezası aldıktan sonra bu cezaevine geldim. Buraya geleli güneşi hiç görmedim. Sadece şu pencereden gündüzle geceyi seçecek kadar ışığı gördüm.

İdamlık genç:

— Demek ki kıbleyi bulamayacağız.

Vedat sivri zekasını kullanıp fetvayı bastı.

— Boş ver, madem yarın asılacaksın bu gece de namazı kılmayıver. Bir ömür kılmışsın ya yeter. Biz hiç kılmıyoruz ya.

— Fetvayı hangi makamdan aldın? Allah'ın kanunlarına karşı mantık oyunları yapılmaz. Allah'ın kanunları değiştirilemez. Eğer onun kanunları değişseydi, herkes kendisine göre değiştirirdi kanunları.

— Aman sana da iyilik yaramıyor ha. Ne halin varsa gör. Bana ne be... Yok işte buralarda din-îman, Kur'ân, kıble yok. Benden söylemesi.

İdamlık genç mahzun olmuştu.

— Ben de kıblenin yönünü, tahmin ederek bu tarafa doğru kılarım. Allah onu da kabul eder. Peki acaba yatsı okundu mu?

Vedat cevap verirken boğazdamarları ortaya çıkıyordu:

— Yahu sen ne laftan anlamaz adamsın. Buralarda ezanı ben mi okuyacağım? Nerden duyulsun ezan? Sen buraları babanın çiftliği mi sanıyorsun? Belki sabah ezanını çok uzaklardan duyarsın.

İdamlık genç hafifçe gülümseyerek sordu:

— Neden sinirlendin kardeşim?

Vedat, çok mahcup olmuştu ama hırçınlık yaparak cevap verdi.

— Benim adımı söyle. Ben senin kardeşin değilim.

İdamlık genç aynı yumuşak ve sevecen tavrıyla sordu:

— Neden? Sen müslüman değil misin?

Vedat:

— Bırak bu soruları... Al bir sigara yak. Efkârını dağıtırsın.

İdamlık genç.

— Senin hiç efkârın kalmadı o halde? Sigara içince hepsi bitmiştir. Akıllı insanlar sigaradan medet ummaz. Cahillerse sigara içince kendilerini sosyeteden olmuş sanır. Ben eskiden sigaranın faydasına inanırdım. Ama birkaç ay önce bir doktor yanıldığımı ispat etti.

— Aa sen sigara da mı içmiyorsun?

— Eskiden içerdim, şimdi paket alamıyorum, Vicdanım sızlıyor.

— Amma yaptın be. Sigaranın vicdanla ne ilgisi var?

— Çok büyük ilgisi var. Benim kardeşlerim açlıktan ölüyorlar. Müslümanlar sigaraya verdikleri parayı aç insanlara gönderseler, dünyada açlıktan ölen insan kalmaz... Şu halimize bak. En fakir insan bile, bir insan kurtaracak kadar parayı sigaraya veriyor.

— Yahu sen şimdi vaaza mı başladın?

— Yooo... İşte öylesine söyledim.

Yine geziniyordu Vedat. Şişman adam gözleriyle Vedat'ı takip ediyor ikinci kattakiler oturup konuşuyorlar, en üst kattaki uyuyor, son mahkûm sandalyede oturuyor, koğuş tam bir curcuna yaşıyordu.

Şişman adam:

— Vedat Bey lütfen gezinmeyin başım dönüyor.

Ağzını eğerek cevap verdi Vedat.

— Yok be! Gezinmeyecek mişim. Ne yapacağım peki?

— Ama benim elimde değil, başım dönüyor. Ayrıca benim canım buradan çıkmak istiyor.

— Yok be... Sahiden çıkmak istiyor musun? Allah'ım bu adam beni delirtecek.

İdamlık genç oturduğu sandalyeden gözlerini şişman adama çevirdi... Sonra Vedat'tan ricada bulundu.

— Bırak Vedat kardeş adam istediğini söylesin. Hayatın her zaman pembe sahnesindeydi. Öteki sahnelerini hiç bilmiyor. Onu bırak.

— Yahu sen adam değil misin? Yarın idama gidiyorsun, bu adam ne düşünüyor. Sen niye onun gibi zırlamıyorsun?

Şişman adam idamlık gence bakarken gözlerinden yaş aktı akacak halde birikmişti. Ağlar gibi bir sesle sordu:

— Vallahi siz beni delirtirsiniz. Demek sen yarın öleceksin öyle mi?

Vedat cevap veriyor:

— Aaa! Resmen bu adam manyak. Yahu senin aklın nerde, biz bir saattir ne konuşuyoruz?

— Ne konuşuyorsunuz beyefendi?

— Hay senin beyefendinin ben... Bırak ulan bu sosyete ağızlarını... Bize ayak yapma... Bu adam gelir gelmez, yarın idam edilecek demedik mi?

— Dediniz tamam aklıma geldi...

Gözlerini son gelen mahkûma çeviren şişman adam:

— Vah vah demek idam edileceksin. Ay nasıl dayanacaksın? Vallahi içim eridi. Ben asılmaya hiç dayanamam. Peki sen ne düşünüyorsun?

İdamlık genç hüzünlü ses tonuyla cevap verdi:

— Kendimi ölüme alıştırdım kardeşim... Bu sistemin beni asacağını biliyordum. Ama anneme ve nişanlıma üzülüyorum tabii. Onlar şu anda evde kriz geçiriyorlar. Seslerini duyar gibiyim.

"— Yavruuum yavrum nerelere gidiyorsun? Ben senin ölümüne dayanamam. Oğul oğul.. Ben sensiz ne yaparım." diyor annem.

Şişman adam:

— Beni ağlatma ne olur. Ben anaların ağlamasına dayanamam. Öyle değil mi Vedat Bey?

— Beni karıştırma. Ben analara ağlamam, babalara ağlarım.

— Sen anneni sevmiyor muydun?

— Benim kaltak anamın analık yönü yoktu. Daha yirmisinde yosma olmuş. Babama boynuz taktırıp, sonra da pavyona düşmüş. Onun için ben anaları hiç sevmem. Babadan haber ver bak ona inanırım. Bana babadan haber ver.

— Babam öteki alemde. Yarın gidersem Allah'ın izniyle onu göreceğim.

Vedat.

— Yani annenden ayrılıyor, babana kavuşuyorsun. Ne dünya be...

Şişman adam biraz önce ağlarken birden bire konu değiştirmişti:

— Vedat Bey. Ben çok acıktım yemek ne zaman gelecek?

— Şimdi... Şimdi beni söyletme... Sırası mı be yemek yemenin?

— Ama ben çok acıktım.

— Olur... Birazdan yemeğiniz gelir. Ne yemek istersiniz?

Şişman adam Vedat'ın alay ettiğini anlamadan soruyordu.

— Ne yemek vardır?

Vedat boğazını sıkarak cevap verdi.

— Zıkkım. Zıkkım var. Adam ölümden bahsediyor, sen yemekten bahsediyorsun. Sende hiç utanma yok mudur? Ölecek olan adamın yanında boğaz derdinin işi ne?

— Ay ben ölümden korkuyorum. Bana ölüm demeyin. Ama karnım da acıktı ne yapayım?

— Yeter be yeter. Biraz mantıklı şeyler konuş.

Şişman adam korkudan, omuzlarının arasına başını gömercesine sordu:

— Peki ben ne zaman çıkarım?

Vedat yumruklarını sıkarak:

— Ulan eşşolueşşek. Ben hâkim miyim ki, bana soruyorsun?

— Aa! bana küfredemezsin. Ben seni babama söylersem görürsün sen. Ayıp değil mi Vedat Bey. Neden küfrediyorsun. Vallahi babam duyarsa çok kızar size, çok.

— Babanın hüneri varsa seni burdan çıkarsın.

— Çıkarır... Benim babam beni asla bırakmaz buralarda.

— Ben zaten senin buraya nasıl girdiğini de çok merak ediyorum. On yıllık mahkûmum, ilk defa seni gördüm süper zengin. Zenginlerin suçları daha karakolda halledilir, buralara gelmezler!!!

Dışarıdan karavana sesleri gelmeye başlamıştı.

Vedat:

— Hah yemek geldi.

Şişman adam:

— Ay! Az kaldı içim geçecekti. Ben ölürüm de aç kalamam. Yemekte ne var?

Vedat ters ters bakarak:

— Yahu nerden bilelim? Gelince göreceğiz. İşte bizim kapı açılıyor.

Gardiyan:

— Evet beyler yemek.

Şişman adam:

— Gardiyan beyefendi, yemekte ne var?

— Gel al yemeğini de gör.

— Ben buraya zor yerleştim. Bir zahmet yemeğimi yanıma getirir misiniz?

Gardiyan:

— Yok be. Sahi mi söyledin?.. Kalk ulan yatağından.

Ben senin hizmetçin miyim?

Şişman adam:

— Ama ben...

Gardiyan bağırarak söylendi:

— Hadi hemen gel yoksa gidiyorum.

— Ayy o da ne? Bir bulgur pilavı bir de çorba mı var? Ay Allah korusun ben bunları yiyemem. Başka ne yemek var listede?

Gardiyan elini liste gibi yaparak saymaya başlıyor:

— Şiş kebap, büftek, oturtma, tel kadayıf.

— Hah bu çok güzel. Ben iki şiş, bir oturtma bir de kadayıf rica ediyorum.

İdamlık genç ile Vedat şişman adama bakıyor, orta ranzadaki mahkûmlara Vedat sordu.

— Siz, siz de şiş istemez misiniz?

Şişman adam:

— Valla ben ısmarlıyorum. Hepiniz yiyebilirsiniz.

Vedat dişlerini sıkarak:

— Bana bak şişko, sen kendini nerde zannediyorsun ha?Burası lokanta mı? Ne şişinden bahsediyorsun?

— Ama gardiyan bey var dedi.

— Senin gibi aptalı böyle işletirler işte. Şu yemeği alıyor musun almıyor musun?

— Ben onları yiyemem... Kilo alırım.

Mahkûmların hepsi yemeklerini almışlar şişman adama yemek aldıramamışlardı.

Vedat:

— Neyse sen yemesen de olur. Hazırdan idare et.

— Hangi hazırdan?

— En az üç ay yeter sana. Deve gibi hörgücüne yığmışta yığmışsın.

İdamlık genç biraz hüzünlenmişti:

— Adamcağız belki rahatsızdır. Öyle onur kırıcı şeyler söylemeseniz çok iyi olur...

Vedat:

— Bırak be imam, şerefim çarpsın bu adamda onurmonur yok. Süper manyak bu.

Şişman adam:

— Ay aşk olsun...

Yine ağlamaya başlamıştı:

— Ne olur beni buradan çıkarsınlar. Her tarafım idamlık adamlarla dolu. Kendimi ölülerin içindeymişim gibi hissediyorum. Bunlar yetmezmiş gibi bir de aç kalıyorum. Beni burdan çıkarsınlar ne olur.

— Kes zırıltıyı. Bak bu adam yarın ipe gidiyor. O canından, sen de biraz kilondan olacaksın, çenen durmuyor. Biraz utan be arkadaş, utan.

İdamlık genç:

— Bırak bu arkadaşı. Adamcağızın yapısı bu.

Çok kibar olan şişman adam:

— Teşekkür ederim idamlık beyefendi. Sahi isminiz; lütfetseniz çok memnun olacağım.

— Ebazer.

Vedat:

— Gerçekten senin adını neden sormadım. Bu adam beni çıldırttı, akıl mı bıraktı bende?

Irz düşmanı yemeğini çiğneyerek araya girdi:

— Yahu bu isim bana yabancı gelmedi. Daha önce artist-martistmiydin? İsmin meşhur mu?

— Biraz fazlaca duyuldu İsmim. Gazeteler çok bahsetti.

Şişman adam:

— Ay ben çok acıktım.

Ebazer:

— Gel inat etme kardeşim. Burası cezaevi. Aradığın yemekleri burda bulamazsın. Yemeğin yarısını sana vereyim.

Vedat Ebazer'e bakarak konuştu:

— Ye be aslanım ye, son yiyişin olacak.

Birden aklına geldi Ebazer'in.

— Haaa üst ranzadaki idamlık arkadaşı kaldırmayacak mısınız?

— O hap almış... Öldürsen duymaz. Yarın son mahkemesi, bırakalım uykusunu alsın.

Yemekler yenmiş karavana gitmişti.

Ebazer yine sandalyede oturuyordu. Koğuşun tavanına baktıktan sonra:

— Tavanda çok yüksekmiş. Tavanı yüksek pencereyi neden bu kadar küçük yapmışlar acaba? Bu binanın mimarı insan değilmiş mi?

— Sorma be. Bunlar da vicdan yok. Duyduğuma göre, bu cezaevini yapan mimar, düzenin yardakcısıymış. Adam mahkûmlara öyle gıcık oluyormuş ki, pencereleri çok küçük ve böyle tepeden yapmış. Bir kaç yıl sonra da kendi gümlemiş bu ceza evine. Neden böyle küçük yaptım bu camları diye kafasını her gün duvara vurmuş.

Şişman adam:

— Ah keşke bu cezaevini hiç yapmasaydı, o zaman ben cezaevine girmezdim. Ben ne zaman yemek yiyeceğim?

Vedat:

— Geberdiğin zaman yersin. Biraz aç kalmaya alıştır kendini. İradeli ol. Demek ki senin bünyen yediğini eritmiyor. O halde az yemeğe dikkat et. Günde en çok ikibin kalori alsan o bile çok sana.

— Benim yemeğimden size ne Vedat Bey? Ben size siz neden zayıfsınız diyor muyum? Benim yarım kadar bile yoksun. Cılızın tekisiniz. Bir deri bir kemik kalmışsınız; ama ben size kızmıyorum.

— Ne kızacaksın aslanım. Ben filinta gibi adamım.

— Vedat Bey.

— Bana Vedat Bey deme. Piç Vedat de.

— Estağfirullah. Ben size nasıl piç derim.

— Diyeceksin. Ben piç Vedat'ım çünkü.

— Hayır ben ölsem de böyle terbiyesizlik yapamam.

— Ulan benim adım piç Vedat. Sen erkeksen bana seslenirken piç Vedat deme de seni göreyim.

Ebazer:

— Sizi anlamak gerçekten zor. Neden illa da kendinize piç dedirtiyorsunuz? Elinize ne geçecek?

— Annemden intikam alıyorum. Kime piç denir? Tabiki gayri meşru doğan çocuklara. O zaman doğuran anaya ne denir? İşte annem denen o alçağın ne mal olduğu meydana çıkıyor.

— Psikolojin çok farklı... Nerden nereye... Kimin aklına gelir böyle düşünmek. İnsan işte neylersin. Kimin nelerden nem alacağı hiç bilinmez.

Hüzünlenmişti Ebazer. Kendisi de birazcık topaldı. Çocukluğu geldi aklına. Ona topal Ebazer diye bağırdıklarında bütün yer yüzü çocuklarından nefret etmişti. Sonraları topal olmak ona hiç dokunmamıştı bile, Vedat'a teselli verdi.

— Bırakalım kin gütmeyi. Annene İslâm sunulmamıştı.

— Bırak be imam. Annem şıllığı kim, İslâm kim?

Vedat'ın annesine hakareti artırınca konuyu değiştirmek istedi. Ebazer konuşmayı keserek, cebinden çıkardığı Kur'ân'ı okumaya başladı... Vedat Kur'ân sesi duyunca sağa sola üfürmeye âzâmi dikkat sarfediyor, bir yandan da koğuşu adımlıyordu yine.

Bir ara öfkeli öfkeli konuştu.

— Öf... Subhanallahi... Allah'ım çarpma beni ne olur. Abdestsiz-mabdestsiz seni dinliyoruz. Dört, beş, altı, yedi... Gel ulan tahliye gel. Ne zaman yarın olacak?

Birden Ebazer aklına geldi:

— Afedersin imam. Senin yarın öteki dünyaya gideceğini unuttum. Sen, geceler bitmese uzasa diyorsun ben de hemen bitse diyorum. Senin yanında ayıp ediyorum, hoş gör. Biz böyle oluyoruz işte.

— Zararı yok. İnsanlık âlemi budur zaten, kimi; zevk sefada, kimi; acı içinde... Adı üstünde yalan dünya... Yalan da her şey olur, ama gerçek dünyada, müslümana her zaman güzel, gerçek ve zevk verici şeyler vardır.

— Şerefsizim sana üzülüyorum. Ben on yıldır en az elli idamlık mahkûm gördüm. Hele Tavşan diye bir arkadaşım vardı. Bağıra bağıra dar ağacına götürdüler. Ona arkasından çok ağladım ama sana bir başka yandı içim.

Sen çok temiz bir insana benziyorsun. Hele yahu şu suçunu neden söylemiyorsun?

Ebazer:

— Söyleriz daha bir sürü zaman var. Sen şu idamlık arkadaşını anlatır mısın? Suçu neydi?

— Karısına göz koyan yakın akrabasını öldürmüş. Bu namussuzluğu "hafifletici neden" olarak yeterli görmemişler. Daha doğrusu inanmamışlar "miras için öldürdün" demişler. Çok çırpındı ama kendisini kurtaramadı. O da sabaha karşı idam edildi. "Piç Vedaaaat beni kurtaaar" diye bağırdı durdu. Ama ben ne yapabilirdim ki... Gitti be... Temiz çocuktu... Çok idamlıklar gördüm. Birisi vardı aklını kaçırdı... O da iki gün sonra asılacaktı. Ama şerefsizim onun asılmasına sevindim. İt mi itti, kopuk. Tırlatınca oynamaya başladı.

"— Oh oh... Yarın asılacağım ya..." diye diye geziyordu koğuşta. Ben onun için iyice bıktım. Ölüme giden, ölümden kıl payı döndüğünü zannedenler... Aklına hayaline gelmeyen şeyler. Ah şu piç neler gördü. Onun için şurdan bir an önce gitmek istiyorum.

Ebazer:

— Nereye gideceksin? Çoluk çocuk var mı?

— Yok be imam. Bir kızı sevmiştim...

Vedat sözünü bitirmeden şişman adam yine soruyordu:

— Vedat Bey! Ben ne zaman çıkacağım sence?

— Vedat değil ulan Piç Vedat.

— Ay Estağfirullah, dedim ya ben kimseye piç diyemem.

— Neden? Bana mı hakaret olur?

— Tabii hakaret olur.

— Hayır, piç'ler suçlu değildir. Bir yerde piç varsa orada en suçsuz olan kişi sadece o piç çocuktur. Onun için bana hakaret değil, anneme hakaret oluyor.

— Olsun. Ben anneniz muhterem hanımefendiye de hakaret edemem. İnsanları asla kıramam ben.

— Neyse kır ya da kırma. Bana Vedat Bey demiyeceksin. Şimdi ne diyordun sor bakalım.

Şişman adam gözleri dolmuş, biraz ürkek yatağında başını eğerek oturuyor, gözleriyle Vedat'ı takip ediyordu:

— Ben çok acıktım. Burası da çok kalabalık, koca koğuşta oksijen yok. Artık dayanamıyorum, tuvalete de gitmek istiyorum.

Vedat:

— Haydaaaa... Bir de hela mı çıktı başıma?

Şişman adam:

— Ben ne yapacağım?

— Gel kucağıma yap bari? Allah'ım Allah'ım bu şişkodan kurtar beni. Sonra siniri yatışmış gibi nefes aldı.

— Eh iş başa düştü...

O yine soruyordu:

— Ne olacak, ben şimdi ne yapacağım?

— Sabret. Sakın buraları hela zannedip başımızı belaya sokma. Ben şimdi haber veririm.

Vedat, ikinci ranzada oturanlara dönerek:

— Gelin, siz de gelin kapıya vuralım.

— Neden hepimiz birden vuruyoruz?

— Bir kişi vurursak gelmezler. Ses çok fazla olmalı.

— Peki inelim ağabey, sinirlenme.

Hepsi birden kapıya vurmaya başlamışlardı.

— Kapıyı açın, açın kapıyı.

Sesler, bir cezaevini ayağa kaldıracak kadar şiddetliydi. En üst ranzadaki idam adayı uyanmıştı bile.

— Ne oluyor arkadaş! Dünya mı yıkılıyor?

— Evet. Kapıyı açmazlarsa, en azından bu koğuş yıkılacak.

Şişman adam:

— Ay, vallahi size zahmet oluyor. beni hoş görün. Bir de su rica edeceğim. Annem olsaydı hemen suyu verirdi.

Birden gardiyanın sesi duyuldu:

— Ne oluyor be? Yangın mı var?

— Daha kötü abi. Bu adam helaya gidecekmiş. Su istiyormuş, yemek istiyormuş, koğuşu kalabalıkmış.

Birden Vedat'ın aklına bir fikir gelmişti. Şişko adamın kulağına eğildi:

— Bak sende çok miktarda manik var mı manik?

— Yok inanın bende öyle şeyler olmaz.

— Nasıl zengin evladısın öyleyse?

— Param var tabii... Manik yok.

— Tamam tamam... Şu gardiyana bir yüzlük verdik mi işi bitiririz.

— Hangi işi efendim?

— Allah'ım Allah'ım sen bana sabır ver. Ulan ne demek hangi iş? Seninle biraz evvel konuşmadık mı? Rüşvet verirsen yemek getireceklerini söylemedim mi sana. Senin burada rahat etmenin yolu rüşvetten geçer.

— Ama ben rüşvet teklif edemem. Utanırım. Babam

öyle değildi. O hiç utanmazdı.

Vedat kes sesini der gibi konuştu.

— Sen bana yüz papel ver. Ben teklif ederim. Rüşvet teklifi şerefli adamları üzer, bu gardiyana ise rüşvet teklif etmemek onu üzer. Sen kafanı yorma. Biz yıllardır rüşvetle nelerin yapıldığını çok yakından gördük.

— Sen nasıl istersen öyle yap. Beni bu sıkıntıdan kurtar. Vedat, gardiyanı koğuşun öteki ucuna götürerek:

— Bak abi, bu adam bu gidiş sabaha kadar zırlıyacak. Öteki cezaevinde olsam tanıdıklarımla her isteğim olurdu. Şimdi zor. Bu şişko yüz papel veriyor. Şuna yemek temin eder misin abi?

Gardiyan:

— Olur, olur ama bu işi senin hatırın için yaparım. Hemen gidip şiş yaptıracağım, tabii parayı ben değil ağbi, aşçı alacak. Vedat anlamamazlıktan geliyordu:

— Tabiii ağbi, sen rüşvet alacak kadar alçak mısın?

Gardiyan şöyle irkilip Vedat'a bakarak gülümsemeyi uygun buldu:

— Tabii ağabey, ben öyle alçak mıyım? Maksat iş görülsün. Ama verdiği para da bayağı çok. Bu adam çok mu zengin?

— Tabii ya milyarder.

Gardiyan yumuşamıştı. Şişman adam artık rahat edecekti. Kör olası para neleri satın alıyordu. Ama parayla satın alınamayanlar da vardı bu dünyada. Onlar Vedat'a hiç rastlamamışlardı.

Anlaşma yapılmıştı. Gardiyan şişman adama:

— Buyurun sizi helaya götüreyim.

— Ay hela demesek tuvalet desek?

— Yaa.. Ne fark var arasında ikisi de aynı yer değil mi?

— Tabii ki aynı... Gel şimdi seni helaya götüreyim sonra da başka işini hallederiz.

Gardiyan ve şişman adam ikisi beraber helaya doğru giderken gardiyan konuşuyordu:

— Bakın beyefendi.

Şişman adam sağa sola baktıktan sonra:

— Kiminle konuşuyorsunuz gardiyan beyefendi?

— Sizinle konuşuyorum.

— Ben... Ha benim beyefendi. Siz bana ilk geldiğimde şey demiştiniz.

— Ne demiştim?

— Ulan demiştiniz. Afedersiniz ama. Onun için şaşırdım.

— Haa öyle mi demiştim. İnsanlık hali, biz de yoruluyoruz. Her neyse şimdi beni iyi dinleyin beyefendi. Bu gece size iki porsiyon şiş yaptıracağım. Saat on sıraları getiririm. Kapıya gelip, senin sorgu kapısına gelmen gerektiğini söylerim. Orada yersin etini tamam mı?

— Ah size nasıl teşekkür edeceğimi bilemiyorum. Tabi istediğiniz saatte gelirim.

— Tamam anlaştık. Bunu sadece senin hatırın için yapıyorum tamam mı?

— Oldu gardiyan beyefendi. Çok kibar ve babacan bir şahsiyetsiniz.

Herhalde gardiyan için için gülüp söyleniyordur:

— Enayi... Senin paran olmasa senin hatırını kim sayar.

PARA NÂMUSLU İNSANI SATIN ALAMAZ AMA..

Vedat, şişman adama çıkışıyordu.

— Sana bu saatten sonra konuşmak yasak.

— Peki saat kaç?

— Saat 20-15.

Şişman adam sanki yeni uyanmışcasına:

— Ah hâlâ ben buradayım. Saat on olsa bari, karnım çok acıktı.

Vedat bilmemezlikten gelerek sordu:

— Saat onda ne var, bizde bilelim?

Ebazer:

— Siz yine tartışacaksınız galiba. Arkadaşlar benim bir teklifim var. Beni dinler misiniz?

Vedat:

— Buyur İmam. Ben her imamı sevmem ama seni sevdim galiba. Ben dinlerim.

Abdullah:

— Ben de...

— Gelin kardeş kardeş sohbet edelim. Herkes hayat

hikayesini anlatsın, bir birimizi tanıyalım. Birbirimize faydalı bilgiler verelim.

Şişman adam:

— Olur seni dinleriz ama benim karnım çok acıktı. Açlık insanın aklını çalışmaz duruma sokuyor.

Vedat:

— Hay zıkkımın kökünü yiyesin be adam. Dur da iki laf edelim. Şurda bizi rahat bırak. Senin aklın zaten bir ömür boyu çalışmamış.

— Tamam tamam konuşun. Ben Ebazer Beyefendinin yerinde olsam, hiç durmadan ibadet eder, tanrıya yalvarırdım.

— Ben her zaman Allah'a ibadet eden insanım. Rabbimden ayrı kalan biri değilim ki, zaten her gün yarın ölecekmişim gibi hazırlık içindeyim. Ben istiyorum ki, mademki yarın ahirete yolcuyum, bu gün bir kaç kişiyi bu yolculuk için uyandırayım, amel-ibadet defterime her zaman sevap yazılsın. Tamam herşeyi unutalım. Mademki bugün yaşıyoruz, o halde bugünü değerlendirelim. Allah, Kur'ân-ı Kerim'inde bakın ne buyuruyor:

— *"Ve öyle bir günden korkun ki, o gün hiç bir kimse hiç bir kimseden yana bir şey ödeyemez..."* (Bakara Sûresi 48) *"... kendisinden hiç şüphe olmayan kıyamet gününde onları topladığımız zaman herkese kazandıkları tas tamam ödendiği zaman, (günahkarların) hali ne olur?"* (Ali İmran 25)*"Herkes o gün, kazandığını karşısında hazırlanmış olarak bulacak..."* (Ali İmran 30)

Evet, bunu Allah söylüyor. Bu gün yapılan o gün karşımıza gelecek.

Vedat biraz bozuluyordu bu konuşmalara:

— İmam be! Bak senden ricam dinden bahsetme. Dinlemek istemiyorum. Dışarı da çıkamam, en iyisi sen sus. Zaten yarın ordasın. Artık konuşmana da gerek kalmıyor.

— Vedat ayıp ediyorsun kardeşim. Oraya gitmek sırf idam cezası olanlara mahsus değil ki. Sen de aynı yere aynı saatte gidebilirsin. Senin dini konuşmalardan kaçacağını hiç tahmin etmedim. Şurda iki üç saatlik bir tanışmamız var ama, dışarının bir haftasıyla buranın bir saati aynı sayılır.

— Yok abi ben dinlemek istemiyorum, kusura bakmayın... Yani sebebi var, on gündür banyo yapacak su bulamadım. Sen de dinden Kur'ân'dan bahsediyorsun. Bir de çarpılırsam.

— Sen asıl Kur'ân dinlemezsen çarpılmış sayılırsın. Ben de Kur'ân-ı sevmiyorsun sandım da.

— Tevbe de imam hocam tevbe de. Kur'ân sevmeyen şerefim çarpsın dinsizdir.

— O halde sohbetimize bu koğuşa girenlerin hayatını giriş sırasına göre dinlemeye başlayalım. İlk olarak kim girdi? Haa unutuyordum, sonra hatırlat sana teyemmüm abdesti nasıl alınır öğreteyim. Koğuşa ilk giren kimdi?

Vedat:

— Ben girdim.

Ebazer:

— O halde sen başla hayatını anlatmaya.

— Boş ver be imam. Bizden ne olur, hayatımızdan ne olur. Sıramı başkasına veriyorum.

— Olmaz. Bak önümüzde kocamaan zaman var. Bu kadar zaman içinde anlatacağımız olaylarla birbirimizden ibret alalım. Anlat bakalım kimsin, nesin? Neden ceza aldın?

Şişkonun sesi girdi araya:

— Saat kaç Vedat Bey... Şey pardon Vedat. İnan çok acıktım.

— Çok oldun ama... Yahu imam bu çatlak varken bu koğuşta konuşulmaz be.

Ebazer:

— Bakın kardeş, biraz sabrı, iradeyi öğrenmek zorundayız. Ne yapalım hayat bu. Her şey istediğimiz şekilde olmuyor... Bize biraz müsâde et olur mu? Kusura bakma elimde imkanım olsa sana yardımcı olurdum. Bundan şeref duyardım, ama imkanım yok.

Şişman adam, Ebazer'in kendisiyle güzelce konuştuğnu görünce, garip garip yüzüne bakıp, yüz hatlarını iyice kırıştırarak içindeki duyguları dışa vuruyordu.

— Ay sen sahiden yarın asılacak mısın? O halde nasıl konuşuyorsun? Ben sana şaşıyorum.

— Bunları sonra konuşuruz. Biz şimdi kardeşimizi dinleyelim. Haydi bakalım Vedat kardeş anlatır mısın?

— Fakat ben çok üşüdüm. İnan bana dişlerim birbirine vuruyor.

— Ben de çok üşüdüm. O yüzden şimdi volta atacağım, insan yürüyünce ısınıyor.

Ebazer:

— Ben de yürüsem mi?

— Vedat:

— Olmaz üç kişinin aynı anda yürüyebileceği kadar yer var mı bu koğuşta? Tek tek yürümek lazım.

Koğuşta hiç konuşmayan dördüncü mahkûm Hasan ise gözlerini Ebazer'den ayırmıyordu. Kafasında bir soru vardı. Acaba yarın ölüme gidecek insan gerçekten bu kadar aklı başında olabilir miydi? Yoksa rol mü yapıyordu?

Bunu anlamak, onun dünyasını iyice bilmek istiyor, koğuşta hiç konuşmadan, konuşmaları dinliyordu.

Ebazer:

— Vedat kardeşim hadi bakalım, sözünde dur da görelim.

— Vedat itiraz etti:

— Asıl sen anlat. Neden ceza aldığını hâlâ öğrenemedim..

— Ebazer şaka yapan bir edâ ile cevap verdi.

— Yoo sıraya tabi olalım. Ben altıncı mahkûmum.

Nihayet Vedat:

— Peki madem öyle, anlatayım. Ama gözünü seveyim ağabey bu şişko hiç konuşmasın.

Ben bu şehirde dünyaya gelmişim. İlk öğrenimimi de burda bitirdim. Babam tamirciydi, iyide para kazanıyordu. Bütün parayı anneme veriyordu ama, annem olacak kadının gözü yükseklerdeymiş. Bir türlü gözü doymuyordu. Her gün babamla kavga eder, ben şu gazinoya gitmek istiyorum, şunu istiyorum diye, babamın başını şişirirdi.

Çocuktum tabi anlayamazdım babamı. Bir gün okuldan erken döndüm. Kapı kilitliydi. Komşunun balkonundan içeri girdim. Annemi bir adamla yakaladım. Dünya başıma yıkılmıştı. Çocuktum ama nâmus duygusu taşıyordum. Annemi bıçaklayıp evden kaçtım. Doğru dedeme gittim. Dedemin yanında bir yıl kaldım. Dedem çok sevimli bir yaşlıydı. Onu severdim. Babam geldi, yalvardı gel diye. Hele bir gün hiç unutmam, öyle içli bir şekilde yalvardı ki anlatamam.

— Gel yavrum. Benim senden başka kimsem yok. Annen sözde benim karım ama bana çok yabancı, çok uzak. Gel oğlum, ömrümün son günlerinde beni yalnız bırakma. O görüşüm son oldu zavallı babamı. Veremden öldü babam, dindarları çok severdi babam. Ama annem dindarları görünce nefret kusardı. Annemin yanlışları babamı kahretti. Bir gün de annem geldi. Hiç utanmadan beni eve çağırdı. Kuaförden çıkmış yanıma öyle gelmişti. Sanki matah bir iş yapmıştı... Bana yalvarmaya başladı:

"— Ne olur Vedat gel oğlum. Artık babana ihanet etmeyeceğim." dedi.

— Bana Vedat, deme ben piçim. O halde piç Vedat de. Tamam mı? diye avazımın çıktığı kadar bağırdım, hakaret ettim.

— Birkaç ay sonra dedem de öldü. Nereye gitseydim. Çocuktum aklım ermiyordu... Komşular "annene git oğlum, anne gibi yar olmaz" dediler. Gittim. Çarem yoktu çünkü. Daha ilk gittiğim gece annemin aşıklarından birisi vardı evde.

Yine kaçtım... Günlerce sokaklarda dolaştım. Üstüm başım pislik içinde kaldı. Beni gören bana acıyordu. Bir gün bir kadın geçti yanımdan. Biraz ilerde durup birşey düşürmüş gibi geriye döndü. Benim yanıma gelerek sordu:

— Evladım senin kimin kimsen yok mu?

Hemen aklıma ilk gelen kelimeyi söyledim.

— Hayır yok teyze.

Kadın biraz üzgün şekilde yine sordu:

— Annen, baban?

— İntikam alırcasına cevap verdim.

— Öldüler.

Annemi gerçekte öldüremediğim için olsa gerek, hayalimde öldürdüm. Kadın bana acıyarak teklif etti.

"— Vah vah. O halde gel seni bizim yurda yatıralım" dedi.

— Olur teyze dedim. Onunla giderken, o da kocasını aldatıyor sandım. Saçları kuaförde yapılmıştı. Annemi ne zaman bir erkekle gördümse o gün mutlaka kuaföre gitmiş oluyordu. Onun için de, psikolojik olarak namuslu kadınlara da annem gözü ile bakıyordum... Bütün kadınlardan nefret etmiştim. Hemen sordum:

— Teyze! Saçlarınızı neden yaptırdınız?

— Ben mi? Bilmem... Kendime güven gelsin diye.

Büyükannemin sözünü hatırlayarak sordum.

— Siz kendinize güvenmiyor musunuz?

Biraz suratını asmıştı kadıncağız. Haklıydı tabii. Beni bozmadan cevap verdi.

— Güveniyorum tabii.

Tekrar sordum.

— O halde?

— Oğlum, saç yapmak modadır. Bütün kadınlar saçlarını yaptırırlar.

Saf saf sordum.

— Ama benim nenem yaptırmıyordu. O kadın değil mi?

Kadın, beyninden daha çok modern giyimine güveniyordu. Hoşuma gitmeyen bir cevap verdi.

— O eski kafaları bırak oğlum.

Kadın bana nasıl sinirlenmedi bilmem. Götürdü beni. Yetimler yurduydu gittiğim yer. Orda altı ay kaldım. Altı ay sonra, annemin ölmediğini kütükten öğrenmişler. Birgün beni çağırdı müdür.

— Oğlum senin annen nerde?

Bir şeyden haberim olmadığı için "öldü" dedim. Müdür anlayışlı adamdı:

— Seni herhalde annen üzdü. Onun için de yalan söylüyorsun. Yalan söyleme oğlum. Annen yaşıyor... Seni bundan sonra bu yurtta tutamayız. Yurtlar Genel Müdürlüğünden gelen emir bu. Ama seni bırakmak da istemiyoruz. Müdür yardımcısı Ümmü Gülsüm Hanım seni evine almak istiyor.

Gerçekten beni evine aldı. Çokta iyi baktı bana. Onu annemin yerine koydum. Gerçek annem oydu sanki. Yirmi yaşına kadar onun himayesinde kaldım. Ama bu yıllar içinde bana olan olmuştu. Onun kızına aşık olmuştum. Kimseye söyleyemiyordum, kıza da söyleyemiyor ama hareketlerimle belli ediyordum. Annesi beni okutmuş evine almıştı. Sana baktım da sen benim nâmusuma mı gözkoydun der diye açılamadım. Ama yanıyordum Leyl'â'ya. Kara sevdaya tutulmuştum.

Bir gün Leyl â ile evde yalnız kalmıştık. Cesaretimi toplayıp ona söylemek istedim. Birden "Leylâ" dedim. Biliyor musun, ben birine aşık oldum.

Leylâ, benden umuyormuş demek ki çok sevindi.

— Aaa! Sahi mi? ne tesadüf ben de öyle. Ben de aşık oldum. Onun da aşık olduğunu öğrenmiş olmak beni çok sevindirdi. Tam pundunu bulmuştum. Israr edip ona söyletecektim. Biliyordum o da bana aşıktı. Hemen ısrar etmeye başladım. Kıl payı kalbim duracaktı. "Söyle" dedim.

— Kime aşıksın söyle Leylâ. Seninle beraber büyüdük, bana sırrını açıklamandan çok memnun olurum.

Leylâ gözlerini gözlerime dikti. Büyük bir sır vermek istiyorcasına sordu. Israrla tembihini yapıyordu.

— Ama kimseye söylemiyeceksin, tamam mı?

Genç kızın bir erkeğe evlenme teklif etmesi zordu tabi. Yemin ettikten sonra cevap verdim.

— Kesinlikle söylemem.

Leylâ heyecanla anlatmaya başladı.

— Ben, Muhammed el Bedevî'nin oğlu Hasan'ı seviyorum, çok zengin birisi. Bana alacağı yüzükle nerdeyse bir daire alınabiliyor. Haftaya da beni istetecek. Senin sevdiğin kim?

Beynim uğulduyordu, şok olmuştum. Dünya kararmıştı adeta. Güçlükle kendimi zaptedip, hiç birşey belli etmeden cevap verdim.

— Benim mi? Yok kimse. Benim gibi piçin kimi sevmeye hakkı var ki? Laf olsun diye konuştum işte.

— Aaa kendini küçük görme canım. Sana da senin seviyende birisi bulunur bir gün.

— Hangi seviyem piçlik seviyesinden mi bahsediyorsun?

— Ama sen de çok alıngansın...

— Ne demek istedin seviye derken?

— Canım ne olacak, kültürel, ekonomik, sosyal her şeyi kapsar söylemek istediğim.

— Yok ya, şimdi zengin bir kızsın diye benden üstün müsün?

Şımarık şımarık sordu.

— Aaa! Sen bunu bilmiyor musun?

İnadına cevap verdim.

— Bilmiyorum.

— Tabii Vedat. bir zengin kızla sen boy ölçüşemezsin ki.

O anda onu anneme benzettim. Her şeyi maddi ölçülerle tartıyordu. Yüzüne baktım. Araba farı gibi, gözlerimi gözlerine diktim. Yüksek sesle bağırmak isterken tam tersi sesimi alçalttım. Benim sinirlerimin bozuk olduğunu anlayınca:

— Neden sinirlendin Vedat, bir türlü anlayamadım.

— Vedat değil aptal de bana. Olur mu şıllık?

Şaşkına döndü. Kapıyı vurup çıktım. Yine sokaklardaydım. Eee sokakta kalanın hali, sonunda cezaevine düşmekle ortaya çıkar... Bir hırsızla arkadaş oldum. Hayatımda ilk defa hırsızlık yapmıştım. Onda da yakalandım. Mal sahibi beni yakaladı. Ama ben inkar ettim üç ay hapis cezası aldım. Cezaevinde bir hocayla tanıştım. Hoca hapisten çıkınca beni yanına aldı. Kur'ân kursunda çok güzel okuyordum. Orada bir genç kız beni sevmiş bana mektup yazdı. Ben de ona cevap yazdım... Yakalandım... Ve öteki cahil hoca tarafından kurstan atıldım. Öyle şuurlandım ki Allah aşkından yanıyordum. Sonra yine bozuldum. Yine bir hırsızla arkadaş oldum. Yine hırsızlık yaptım. Yakalandık. Bende bıçakladım.

Sonuç mâlum... on yıldır yatıyorum. Bana kıbleyi sorduğun zaman beynim döndü. O hocadan sonra gerçek müslüman görmemiştim. Otuz yaşıma kadar yaşadığım hayatı gözden geçirdim... Nenem ve dedemden başka yakınlarım olarak kıbleyi bilen hiç kimse geçmemişti hayatımdan. Babam namazını kılanı sever, kendisi kılmazdı. Annem mâlum. Şimdi çıkıyorum. Sadece sokaklarda yürümeyi özlediğim için dışarı çıkmak istiyorum. Başka bir özlemim yok. Dünya ne hale geldi? Büyüdüğüm şehir on yıl içinde değişti mi? Bunlar meraklarım. Başka da bir şeyim yok. Kime gideyim, kimim var ki? Zaten cezaevi raconuna tam uyduk. Eskiden tahminen piçtim. On yıldır tam piç oldum. Sonum yine burası. Bunu çok iyi biliyorum. Kur'ân kursundaki hayatımı bir daha asla bulamam.

İşte benim hayat hikayemin hepsi bu. Bu halimde en temizlenmiş halimdir ha. Beni öteki mapusta görseydiniz, burda tanımanız mümkün olmazdı. Tam o biçim araziye uyduk. Ama zaman zaman da bu hale nasıl geldim diye düşünüyor gözyaşı döküyorum. Ama uyduk birdefa.

Ebazer:

— Senin içindeki cevher uymamış Vedat. Sen gerçekten temiz çocukmuşsun. Bundan sonrası için yeniden dirilirsin. Çünkü sen farkında olmadan kendi ruhuna birşeyler ekmişsin bile.

Vedat: Duygulanmıştı.

— Bilmem ki abi. Geçen gün bizim koğuşta, o zaman bu hücre gibi yerde değildim. Kemal adında bir mahkûm vardı. Onun elinde İslâmî bir kitap görmiyeyim mi? Ulan dedim kendi kendime Kemal bile İslâmî bir kitap okuyor utan ulan kendinden dedim. Ama ortam be abi, seni düşünmeye bile bırakmıyor. Seni bilinmez karanlıkların içine itiyor.

Ebazer yumuşak sesle:

— Evet, özellikle bırakmıyorlar. Bu, emperyalist sistemlerin, tağuti sistemlerin oyunudur ama bunu kimseler bilmez.

Şişman adam kendisini zor tutuyordu:

— Artık konuşabilir miyim?

Vedat:

— Konuş bakalım.

— O kızı hâlâ seviyor musun?

— Boş ver bırak şimdi bunları.

Şişman adam da duygularını dile getiriyordu.

— Senin annende benim babama benziyor. Babam da annemi aldatıyor. Eee Vedat Bey. Bir daha Leylâ'yı gördün mü?

— Hayır. Sadece ona bir mektup yazdım. Benim sevdiğim sendin ama değmezmişsin dedim. Sevgime yazık ettin.

Şişman adam yine kendi derdine düşmüş soruyordu:

— Peki, benim yemeğim saat... Pardon saat kaç?

Vedat:

— Biraz dinlenmiştim, yine başladın.

— Ne yapayım? Bak bir şey soracağım, sence ben yarın sabah çıkabilir miyim?

Vedat dişlerini sıkarak cevap verdi:

— Yarın sabah mahkeme olmaz.

— Ne zaman olur?

— Bilmem ama epey sürer.

— Bu epeyin öteki adı nedir?

— Ama sıkılmaya başladım ha.

— Ben de çok sıkılıyorum. Ne olur, beni çıkartın buradan. Abdullah, umulmadık anda söze karıştı.

— Ben de çok sıkıldım ama mecburum. Bir suç işledim cezamı çekeceğim. Beni tahrik eden düzen de, televizyonlar da ödül almaya devam edecekler.

Ebazer gülümseyerek sordu:

— Sonra cezan bitecek mi?

Abdullah:

— Bitene kadar yatacağım... Burası bir hukuk devletidir. Cezamı da çekeceğim.

— Bahsettiğin ceza, bu devletin hukukudur. Hani Allah'ın hukuku? Allah'ın vereceği cezayı düşündün mü? Namussuz kanunlar namusun değerini biçemezler. Onun için de, zâlim ülkelerde, namusa tecavüzün cezası devletin şerefine tecavüzden daha azdır. Benim dikkatimi çeken bir başka konu, İslmâm devletinde hukuk yokmuş gibi, İslâm devleti hukuksuz devlet gibi gösteriliyor. Hukukun en âdili İslâm devletinde var.

Abdullah ne diyeceğini şaşırmıştı.

— Fakat... Biz biliyorduk ki...

Vedat:

— Bunları bırakalım herkes cezasını alır.

Ebazer:

— Allah'a ait cezayı kullar veremez. Bu devlet İslâm devleti olsaydı, bu konularda, İslâm devletinde asıl hâkim, kanun koyucu Allah olduğu için orda verilen karar, ceza her neyse Allah'a ait olurdu. Tabiki İslam hukukuna göre verilen cezalar, eğiticidir... Ama adâletli bir şekilde verilirse.

Vedat kalben Allah'ı seven biri olmasına rağmen, İslam devleti kelimesine bile tahammül edemiyordu.

— İmam hoca sen karışma bu işe.

Ebazer şaşırmıştı.

— Ben bir şey söylemedim ki...

Sonra konuyu değiştirip Abdullah'a "hayatını anlat"

dedi.

— Ben mi. Ben ne anlatayım bilmem. Benim hayatım da bitmiş demektir.

Ebazer bu ırz düşman'ın konuşmalarını duyunca ona acımıştı.

— Olsun, biten hayat, bitmeyenlere ibret olur. Bakmasını bilen herkesin hayat hikayesinde ibret alacağı bir şey bulunur. Eğer insanların başından geçen olay, ötekilerine bir fayda vermiyor olsaydı, Allah geçmişteki insanların hikayelerini, yani kıssalarını anlatmaz, bizlere onca olayı nakletmezdi.

Vedat:

— Allah hangi olayı naklediyor?

Ebazer:

— Birçok olay var. Hangisini anlatayım.

— Bize birini anlatır mısın?

— Önce ikinci mahkûm hayat hikayesini anlatsın, sonra düşünürüz. Bu arada gardiyan kapıyı açıyordu.

Vedat:

— Allah Allah hayırdır inşallah, Gardiyan niye geldi acaba?

— Şişman adam gardiyanı görünce çok sevinmiş güya belli etmeyecek şekilde soruyordu:

— Saat on oldu mu gardiyan beyefendi?

Gardiyan bozulmuştu bu soruya. Kaşlarını çatarak şöyle bir şişman adama baktıktan sonra yüksek sesle:

— Bana neden soruyorsun?

Şişman adam hatasını anlamıştı, önüne bakarak:

— Hiiç gardiyan beyefendi, saati merak ettim. Benim

saatimi kapıdan girerken "altın" diye korumaya aldılar. Sigaramın da yarısını almışlar. Neden aldılar sigaramı, bu bir hırsızlık değil mi?

Gardiyan başını dik tutmaya çalışarak;

— Tabi ki öyle.

— Öyleyse onları neden hapsetmiyorsunuz?

Şişman adam kırk yılın başı bilmeden taşı gediğine koymuştu. Bir yerlerde hatalar olduğunu farketmişti, ama bu hatanın ne olduğunu bilemiyordu. Zavallı adam saatine bir daha kavuşacağını sanıyordu. Halbuki, ne saatler, ne bilezikler, ne canlar gitmişti buralarda.

Vedat:

— Hayrola abi bu saatte gelişinizin sebebi ne?

Gardiyan zengin şişman adamı şöyle bir süzdükten sonra;

— Canım illada sebebimi olmalı. Bakıyoruz, nasılsınız yerinizden memnun musunuz, diye sizi ziyaret ediyorum, insanlık vazifemiz.

Vedat anlamıştı entrikayı. Artık, gardiyanların iyisini kötüsünü hemen anlıyordu. Anlamamazlıktan gelerek sormaya devam etti.

— Ne iyi insansınız be abi. Şerefim çarpsın sizin gibi iyi gardiyan görmedim. Demek helal süt emmişsiniz, yosma çocuğu değilmişsiniz... Alçaklardan olmamışsınız. Şerefsiz ve namussuzlar gibi çıkarcı değilsiniz. Hep kendi menfaati için yüze gülen itoğlu itlerden değilsiniz.

Gardiyan ter döküyordu. Daha fazla dayanamamıştı.

— Yeter be kardeşim, bizi fazla övdün.

Vedat:

— Yok be abi. Sen göklere çıkarılacak adamsın, içinden (Allah belanı versin) dediği konuşmasından belli oluyordu.

Aynı ayarda konuşmasına devam ediyordu:

— Allah sana hak ettiğin karşılığı versin. Yahu seni bu cezaevine müdür yapsınlar be. Senin gibi adam niye gardiyan olmuş? Sen şerefli bir adamsın. İt soyundan gelmemişsin.

Gardiyan neye uğradığını şaşırmıştı. Çareyi gitmekte buldu. "Yine görüşürüz" deyip çıktı.

Abdullah merakla sordu:

— Yahu kardeşim piç Vedat, bunca yağ yapmana sebep neydi?

Vedat:

— Ancak böyle buldum abi onlara küfretmenin yolunu. On yıldır paralı olanların şu cezaevinde her isteğini elde ettiklerini gördüm. Onlardan böyle intikam alıyorum. Başka türlü nasıl küfredeyim ona... Adama baksana, bizi uyuttuğunu sanıyor. Feleğin çemberinden geçmişiz biz. Bize ayak olmaz.

Şişman adam:

— Ay vallahi çok iyi adam. Bunca mahkûmun içinde bizi düşünüyor.

Vedat çok sinirlenmişti:

— Kes sesini şişko. Bu kadar aptal olma.

— Ay rica ederim Vedat Bey.

— Hay senin ricana. Yahu bu kadar et yığacağına biraz da akıl yığsaydın ya kafana.

Ebazer, Abdullah'a bakarak:

— Hadi kardeşim, sıra sende anlat şu hayat hikayeni.

Vedat:

— Bırak onu, o hap almış abi, katiyyen konuşamaz.

— Hap mı ne hapı?

— Kafa yeme hapı.

— Bu cezaevinde hapı nerden bulmuş?

Vedat:

— Öff be imam ayıp ediyorsun ha. Cezaevini küçük görüyorsun sen. Bu cezaevi nerden aşağı kalır ki?

Sen paradan haber ver, şerefsizim buraya karı bile sokarlar.

— Ne kadınından bahsediyorsun?

— Para için o işi yapanlar. Buraya sokulmasa sakallarımı keserim. Sen haptan bahsediyorsun. Ayıpsın be imam. Bir hapın lafı mı olur?

— Dışardayken bunları duyardım ama hayal zannederdim. Romanlarda da okuyunca aynı şeyi düşünürdüm.

Ama insan yakından görünce anlıyor ki, romanlar gerçeklerin aynasıymış.

Bu arada Abdullah duymuştu konuşmayı.

— Hop hop. Benim aleyhimde konuşmayın. Siz benim yerimde olsaydınız, kimbilir ne haltlar ederdiniz. Ben bu şehire on yaşımda geldim. Annemle babam ayrıldılar. Ben bir annemde, bir babamda kalıyordum. Bir meyhanede çalışıyordum, biraz da anlarsınız ya o satışları yapıyordum. Karıların her biri de on para bizim âlemde. İyice kadından bıkmıştım. Bizim kiracının bir kızı vardı. Anası gibi yollu. Bana musallat olunca buraya tosladılar beni. İşte bu kadar. Ama şimdi ben hapcı olmayayım da kim olsun? Çok alçakĉa bir iş yaptım.

Vedat:

— Demek pezosun. Tüh sana be. Ulan erkeklik öldü mü be? Ben de sadece sarhoş olup, tahrik olunca o haltı yedin sanıyordum.

Ebazer:

— Bir insanda ar, hayâ ve Allah'tan korku ölmüşse erkeklik ne işe yarar? Erkek olmak, müslüman olmaktan büyük mü!?

Irz düşmanı ters anlamıştı bu sözü. Fena halde kızmıştı.

— Bana bak imam canımı sıkıyorsun. Sen kimsin ki be? Geldiğinden beri beni aşağılıyorsun. Sen benden daha alçak insan görmedin mi?

— Yanılıyorsun. Ben de, sen de; gördüğümüz olumsuzlukları birbirimize söylemek zorundayız. O haldeyken bile size bir şey söylemiş sayılmam.

Birdenbire ranzadan inen mahkûm, Ebazer'in başına

çullanmıştı.

— Bana bak! Seni şişlerim ha.

Şişman adam:

— Ay kan çıkacak imdaat, imdat!

Vedat hemen araya girmişti:

— Hop hop dur bakalım arkadaş. Ne istiyorsun?

— Bana taş atıyor bu imam.

Vedat eliyle kendine has hareket yaptıktan sonra:

— Kes ulan sesini. Taşa ne gerek var. Sen pezevenk değil misin? Al işte ben söylüyorum. Bir hesabın mı var, hadi hemen halledelim. Senden mi korkuyorum? Yersin naneleri, sonra kapris yaparsın.

— Sana lafım yok, ben imama kızdım. Kendileri her naneyi yerler, bizi pezevenk görürler.

Vedat dişlerini sıkıyordu:

— Ne yani pezo değil misin?

— Öyleyim ama onu ilgilendirmez. Bırak beni şunun işini bitireyim. Bunlar şerefsizlerdir be. Bunları bilmezsin sen. Ne kadar halt varsa bunlarda var. Hacıdan hocadan korkacaksın.

Vedat, umulmadık bir şekilde idamlık genç Ebazeri övüyordu. Güzel bir soruyu büyük bir hırsla sordu:

— Sen pezevenk imam gördün mü?

Abdullah, Vedat'a ısrarla aynı şeyi söylüyordu.

— Abi sen aradan çekil.

Vedat:

— Bırak diyorum adamı, benim piçliğimi elime aldırma, seni şerefsizim doğrarım.

— O neden konuşmuyor?

Şişman adam:

— Ayıptır arkadaşlar, ne olur yapmayın. Ben kavgadan çok korkarım.

Abdullah:

— Bu gece, evet bu gece bu koğuştan kan çıkacak.

Vedat:

— Yok ya... Bit mi öldüreceksin? Kimin kanı çıkacak?

— Sen çekil aradan dedim ya.

Ebazer'e vuracak gibi onun üzerine gidiyor Vedat araya giriyordu.Söylenerek meydan okudu.

— Bak ileri gidiyorsun. Aslanım. Ben adamı doğrarım ha.

Ebazer sandalyede oturuyor, sessiz sessiz duruyordu. Ama hırslı mahkûm tahrik etmekte buldu çareyi.

— Korkak... Karı gibi kaçıyorsun.

— Ulan senden kadınlar değil, sinekler bile kaçmaz. İleri gitme. Benim cezaevi indirimimi yaktırma bana, seni yakarım ha. Birden küfretmeye başlamıştı.

— Ulan senin imam gibi sakalını...

Ebazer hemen sandalyeden kalktı.

— Sakalıma küfretme. Bak benim kaybedecek ne infazım var ne de cezaevi indirimim. Ben seninle insanca konuşuyorum. Hayvancadan anlamam, senden rica ediyorum, beni kötü şeylere zorlama, yarın idam edileceğim. Ahiretime giderken, sana iyilikleri tavsiye etmek isterim. Gel benden ne istediğini güzelce anlat. Sakın ağzını birdaha bozma.

— Bozsam ne olur?

— İyi olmaz. Benim sana hiç bir zararım olmadı. Neden bana düşmanlık yaparsın ki?

— Ben biliyorum, sen bana hor bakıyorsun.

— O senin vicdanındaki seni rahatsız eden ses. Ben kimseye hor bakmam kardeşim.

— Hâlâ konuşuyor... Şunun çenesini dağıtmak geliyor içimden. Beni bırakın şu yobazın ağzını burnunu kana bulayım.

Vedat:

— Heyy ne oluyor, eller sütlaç yapar, sen de kanlaç mı yapıyorsun? Yeter dedik be yeter!

Ebazer:

— Bırak Vedat kardeşim bırak bakalım ne yapacak.

Ahmet:

— Ayıptır beyler. Hoop kardeşim yeter be. Adam yarın ipe gidiyor. Adama saygı gösterin... İnsanlık öldü mü?

— Bunların topu gitsin be, onların yüzünden geri kaldık.

Ebazer hemen hatırladı. Bir zamanlar kendisi de öyle diyordu. Sonra biraz durgun bir sesle:

— Bırakın bakalım, beni hangi sebepten dolayı dövecekmiş.

Vedat bırakmıştı Abdullah'ı. Vedat'ın kollarından sıyrılır sıyrılmaz Ebazer'e bir tokat indirmişti bile.

Ebazer, birden ayağa kalkarak şiddetli bir yumruk indirdi.

— Al bakalım arkadaş, belki psikopatsındır. Belki dayak yemek sana iyi gelir.

— Neee! Sen bana vurdun ha?

— Hayır hakkımı aldım. Çünkü sen bana haksız yere vurmuştun.

Ebazer, bir güzel dövdükten sonra yakasından tutmuştu Abdullah'ı!

— Gel... Gel otur bakayım şu sandalyeye. Söyle kardeşim derdin nedir. Dur ben anlatayım.

— Sen bu şerefsiz iştesin ya. Tabiki suçunu biliyorsun. Yaptığın işin kötülüğünü de biliyorsun. Bu yüzden namussuzların yanında kendini rahat hissederken, namus anlayışına sahip olduğunu anladığın tüm insanların yanında rahatsız oluyorsun.

Halbuki, ben seni bu kötü durumdan kurtarmaya çalışıyorum. Seni düştüğün durumdan kurtarma arzusunda olan bir insana neden düşmanlık yapıyorsun? Seni bu duruma düşüren sistemlere her zaman düşman oldum. Ama sen beni anlayamıyorsun. Zaten bizi kimseler anlayamıyor. Çünkü bizim hakkımızda her yerde kötü propagandalar var. Nerde bir üç kağıtçı beş tahtacı adam varsa hepsi sanki bizmişiz gibi anlatıyorlar. Biz sizin için durmadan çalışıyoruz, ama bazı mihraklar tarafından millete karşı hor gösteriliyoruz size faydalı olmak için yaz demeden kış demeden çalışıyoruz, evlatlarınızı kendinizi sapıklıklardan, günahlardan, sömürücülerin elinden kurtaralım diye koşuyoruz, gerektiğinde hastalanıp yataklara düşüyoruz, hapislere giriyoruz ve sonunda ipe de gidiyoruz. İşte ölüyoruz. Bundan daha ötesi var mı ha, var mı? Sizleri kurtaralım, kâfir oyunlarından haberdar edelim diye ölüyoruz. Öldüğümüz neyse de bir de sizin gibi uyutulanlar ölümüze bile hareket ediyorlar. İnsanlık bu mudur kardeşim? Ben senin için öleyim, sen beni düşman bil.

İnsanlık, görmemekse insanı
Sen de aynı telden çalıyorsun sazını
Ben ölüm şarkıları söylerken böyle
Sen söyle demiyorum ama
Düşmanca kullanma bana ağzını.

Git şimdi ranzana. Benim söylediklerimi de düşün. Gerçi pek işe yarayan laf etmedim ama daha zamanımız var. Yarına da kadar çok şeyler konuşuruz.

Abdullah'ın bütün hırsı gitmiş adeta sandalyede büzülüp kalmıştı. Sadece ayak ucuna bakıyordu.

Ebazer, mahkûmun kalkmadığını görünce konuşmaya devam etmek istedi.

— Siz, durup dururken böyle olmadınız. Bizler aynı dinin fertleriyiz, başka dinden olanlara çok iyi davranırken, bir birimize bak nasıl davranıyoruz... Başka dinden olan insanlara da güzel davranalım. Bu bizim inancımızın kurallarıdır ama birbirimize de güzel davranmalıyız.

Abdullah, Ebazer'in konuşmalarından çok utanmış olacak ki, yediği dayağı unutmuştu. Yavaşça başını kaldırıp Ebazer'in gözlerine bakıyordu:

— Evet, her şeyde haklısın. Ama geç kaldın.

Koğuşta herkes suskundu. On onbeş dakika kimse konuşmamıştı. Şişman adam aynı tedirginliğini sürdürüyordu. Vedat bu sessizliği bozdu:

— Yahu imam, ben kendimi bazen kum torbası sanıyorum. Bu neden olur? Gerçekten bana bir baksana, ben torbaya filan benziyor muyum?

Ebazer sesli sesli gülerek cevap verdi.

— Öyle şey olur mu? Sen psikolojik olarak yorulmuşsundur. Bunlar o çile çektiğin yılların eseri. Ama merak etme hepsi geçer.

— Tabi geçer. Geçer, geçer ama; deler de geçer değil mi?

Şişman adam fırsatı bulmuştu, sormadan edemedi:

— Afedersiniz Ebazer Beyefendi saat kaç?

— Saat ona çeyrek var.

— Ah! Çok teşekkür ediyorum.

Vedat:

— İmam şimdi ne yapacağız?

— Ben namazımı kılacağım.

— Bu pis yerlerde mi? Kıbleyi de bilmiyorsun.

— Keşke gardiyana sorsaydım. Neyse bekleriz.

Vedat:

— Hani anlaşma ne oldu? Trıslattık anlaşmayı. Sahi yahu sen yarın sabah asılacaksın değil mi?

Ebazer biraz hüzünlenmişti.

— Evet öyle. Takdir diyelim.

Ahmet:

— Kardeşim, yarın asılacak olmak nasıl bir duygu?

— Tabiki hüzün dolu. Çok neşeliyim dersem yalan olur. Ah annem ah... Mezarımı bile göremiyecek... Doğrusu acısı, kederi çok olan bir şey bu. Göre göre ölüme gitmek... Şehidlik tesellisi olmasaydı insana çok zor gelirdi.

Vedat:

— Ben seni bayağı merak ediyorum. Senin ya aklında var, ya da bildiğin bir şey var. Ne olur bana anlatır mısın, sen öteki dünyadan haber mi alıyorsun?

Ebazer, duraklamadan cevap verdi bu defa:

— Tabi alıyorum.

— Aaa nasıl?

Şişman adam bu cevaba çok şaşırmıştı.

— Demek siz öteki dünyadan haber alıyorsunuz. Tanrı aşkına anlatır mısınız ne var ne yok orada? Orası da burası gibi midir?

Vedat gülümseyerek cevap verdi:

— Ooo! Siz işi büyüttünüz.

Vedat: Merak dolu gözlerini Ebazere dikerek;

— O halde sen anlat. Ordan sana bir haber mi geliyor?

— Haber hepimize geliyor. Ama siz o haberle ilgilenmemişsiniz.

Gözleri hayretten açılan Vedat.

— Anlatır mısınız şunu, nasıl bir haber bu?

— Ebazer yeniden Emri bilmaruf (İslâm'ı anlatma) ortamını meydana getirmek istiyordu zaten. İsteği olmuştu.

Ebazer devam etti konuşmasına.

— Âhiret âleminden gelen haberler Kur'ân'da ve Resûlü Ekrem'in sözlerindedir. Dinlemek ister misiniz?

Vedat:

— Hacım, Kur'ân'dan mı söyleyeceksin?

Ebazer:

— Tabii ki Kur'ân'dan söyleyeceğim. Kur'ândan daha büyük kitap mı var?

Vedat, eliyle iter gibi yaparak,

— O halde kalsın imam efendi.

Ahmet:

— Ben öyle söylemedim. Başka bir bağlantın var mı dedim. Ölüme karşı çok farklısın da. Onun için dikkatimi çekti.

— Allah'ın rahmetinden umut etmekteyiz. O, kendi yolunda gidenler için "acı duymadan canları alınacaktır" buyurmaktadır.

Vedat:

— Peygamber de çok büyük ölüm acısı çekmiş diyorlar.

— Olmaz öyle şey. Kur'ân'ın ifadesine ters düşer bu inanış. Peygamberler dünya çilesi çekerler ama ölüm acısı duymazlar.

Konuşmaların ardı arkası gelmiyordu. Koğuşun soğuk havası, ömründe badana görmemiş, donuk duvarları arasında dolaşıyordu. Ebazer yine Kur'ân okumaya başlamıştı.

Birden Ebazer'in ağladığını fark ettiler.

Vedat'ın gözleri ıslanmıştı:

— Sen ağlıyor musun? Yahu ağlama be imam. Ben dayanamam imam. Ağlama.

— Ağlanmaz mı hiç? Allah'ın âyetleri ağlatır insanı. Ruhsal olarak ta ağlamaya müsâitim... Gam, hüzün, ayrılık, şaşkınlık hepsini aynı günde, yani bu gün yaşadım. Bunlardan sonra bir de bu âyet gelince...

Sessiz sessiz duran şişman adam sordu:

— Nedir İmam Efendi o âyet dediğin şey? Bize de okur musun?

— *"O gün kişi anasından babasından kaçacak. Eşinden, oğullarından... O gün herkesin kendisine yetecek kadar işi olacak. O gün bazı yüzler Allah'a iteat ettikleri için pırıl pırıl ,neşeli olacaklar... (Cennetlik olduklarını öğrenmiş olacaklar orada güzel karşılanacaklar) o gün bazı yüzler de toz toprak içinde onu bir karanlık ve siyahlık kaplayacak... Yüzleri kara olanlar kâfirlerin, tâcirlerin ta kendisidir..."* (Abese 34-42)

Gördünüz mü âyeti... O gün herkes birbirinden kaçacak.

Vedat:

— Neden kaçacak?

— Benden hak istemesin, meded ummasın diye, davacı olmasın diye.

Şişman adam:

— Ama benim annem benden kaçmaz.

Ebazer:

— Kaçaaar kaçar. Eğer muttaki bir müslümansa o başka.

— Şişman adam devam ediyordu:

— Ama benim annem kaçmaz.

Ebazer:

— O gün cüzi irade kullardan alınacak. İnsanlar bu gün istediklerini yapmakta serbesttirler. Ama o gün öyle serbestlik yok. O günkü hareketler bu günden tayin edilir. Ama kul cennete girince durum yine değişecek. Cennette her istediğini yapacak insanlar.

Bu arada gardiyan gelmişti. Şişman adama bakarak:

— Sizin adınız soyadınız neydi?

— Muhlis Canib.

Gardiyan işaret eder gibi;

— Senin dosyalarında bir eksiklik olmuş, benimle kapıya geliyorsun.

Şişman adam anlamıştı şişlerin hazırlandığını. Hemen ranzadan inerek gardiyanla gitti.

Ebazer üzerlerine örtülen kapının alt kısmından seslenerek sordu:

— Gardiyan bey kıbleyi soracaktım unuttum. Kıble ne tarafa doğru biliyor musun?

Kapıdan en az on metre uzakta olan gardiyanın sesi yankılar yaparak koğuşa geliyordu.

— Kıbleyi bilmiyorum. Boş ver namazı, yarın öteki dünyada kaza yaparsın.

Ebazer mahzun bir ifadeyle söylendi:

— Öteki dünyaya inanmadan konuştuğu nasıl da sırıtıyor.

KASIT OLUNCA

Ebazer yatsı namazını kılmak için kalktı. Vedat hâlâ tesbih elinde dolaşıyordu...

Ebazer sordu:

— O tesbihi çekerken ne söylüyorsun?

— Hiçbirşey söylemiyorum. Bazen günleri sayardım eskiden.

— Peki be kardeşim, mademki onu elinde taşıyorsun, tek tek tanelerini elden geçiriyorsun. O halde bir de Allah desen o arada?

— Allah mı? Hiç aklıma gelmedi ki. Sonra bu tesbih senin bildiğin tesbihlerden değil, bu berduş tesbihidir imam, berduş tesbihi.

Ebazer, şakavari bir tavırla sordu:

— Sen berdüş müsün?

Vedat elini şöyle bir sallayarak cevap verdi:

— Berdüşün Allah'ıyım be imam.

— Tevbe tevbe... Sakın bu sözü bir daha söyleme. Bu sözü söyleyen kâfir olur. Geçenlerde bir arkadaş "Hasan sporcuların Allah'ıdır" dedi, diye nerdeyse Hasan onu öldürecekti.

Vedat:

— Yahu be imam bu sözleri herkes kullanıyor.

— Sen herkesi bırak Vedat. Herkes ezbere konuşuyor. Allah'ın sevmediği kelimeler özellikle gündeme getiriliyor. Dünkü gazetede bir şarkıcı için "eşi benzeri yok" diye yazıyordu. Bir sevgili ötekine "senin eşin benzerin yok" diyor. Halbuki, eşi ve benzeri olmayan sadece evet sadece Allah'tır. Son yıllarda moda oldu, bir seven diğerine "ben sana tapıyorum" diyor. Dikkat ettin mi günlük konuşmalara? Hep Allah'a ait kavramlar kullarda kullanılıyor... Onlar Allah'ı bilmeden düşman oyununa geliyorlar. Sen gelme Vedat. Kendine yazık edersin. Allah'a ait hiç bir kavram kalmasın diye yapılıyor bunlar.

Vedat bir kaç saniye düşündükten sonra, sordu:

— Ben zaten... Abi be, sence ben adam mıyım? İnan bana kendimi bazen de eskimiş ayakkabı gibi görüyorum.

— Neden yeni ayakkabı değilde eski bir ayakkabı?

— Yeni ayakkabıyı alan olur abi, eskiye kim değer verir?

— Güldürme beni Vedat.

Ahmet:

— Kardeşim bırak ta adam namazını kılsın. Sen de bizle iki kelime konuş.

Vedat, Ahmet'e onu yeni fark etmiş gibi sordu:

— Sahi ya... Senin yanındaki adam bostan korkuluğu mu neden konuşmuyor?

Ahmet, sessiz mahkûmu göstererek,

— Bu mu? Değme benim ranza arkadaşıma, onun dili yok.

Vedat şaşırmıştı:

— Nee! Dili mi yok?

Vedat dördüncü mahkûmun yanına gelerek:

— Aç bakim ağzını. Aaa de.

Konuşma özürlü genç ağzını açarak istenileni yaptı.

— Aaa.

— Şerefim çarpsın dili var. İşte ağzında duruyor.

— Kardeşim o dilsiz dilsiz.

— Ama dili var be canım. Nah şu elim kadar dili var. Ağzında dolaşıyor.

— Sen çocuk musun aslanım? Dilsiz demek dili yok demek midir? Konuşamıyor demektir.

Vedat:

— Eee ona nasıl ceza vermişler?

Ahmet:

— Kendisine sor.

— Nasıl sorayım, konuşamıyor diyorsun.

— Dilsizlerin de konuştukları başka dil vardır.

Bu arada Ebazer namaza başlamıştı. Vedat dördüncü mahkûma dikmişti gözlerini.

— Peki senin hayatını nasıl dinleyeceğiz?

Dilsiz bir şeyler işaret ediyor, Vedat anlamıyordu.

— Yahu ne diyorsun kardeşim? Açık konuş anlayamıyorum.

Ahmet:

— Kardeşim dili olan adamların bile ne dediği anlaşılmıyor, dilsizin dilinden hemen nasıl anlarsın? Onu anlamak için biraz yorul. Nedense bu sağlam insanlar, biraz da biz onların dilini çözelim demezler. Hep isterler ki, özürlü olanlar bizim dilimizi çözmeye uğraşsınlar. O da insan aslanım. Ona değer vermek lazım. Vedat birden araya girdi.

— Hah aklıma bir fikir çıktı pardon geldi. Bu adam bize hayat hikeyesini yazsın.

Ahmet:

— Evet iyi olur. Fakat dışarda galiba kıyamet kopuyor. Birden bire hava, fazla soğudu. Önce burayı ısıtmamız lazım. Ama bunu nasıl yapacağız?

Vedat:

— O halde pencereyi kapatmalıyız.

— Neden?

Vedat:

— Ancak nefesimizle ısınırız. Başka çaremiz yok.

Vedat:

— Bu devlet bizi bu soğukta böyle mi bırakacak?

Bu arada; Ebazer selam vermişti, soruyu kendisi cevaplandırmak istiyordu.

— Hangi devlet? Bizim devletimiz de biz yokuz ki, başımızda eşkiyalar var. Zaten suçu işleten kendisi, eğer merhameti olsaydı hangimiz burda olurduk?

Vedat devletçi olduğu için bozulmuştu.

— Bak imam şimdi trısladın işte. Bu sözler senin ağzına hiç yakışmıyor.

— Bize yakışan nedir Vedat? Doğruları görmek bize

yakıştırılmıyor. Bize uyumak mı yakışıyor? Ayrıca ben imam değilim. Ama sen imamım niyetiyle konuşuyorsun. Biliyorsun şu anda devletin başında olan hazretleri, yerden kaynaklı kaloriferli yerlerde gezerken, bu mahkûmların böyle buz gibi yerlerde kalmasına zalim olmayan rıza gösterir mi? Üstelik halkı suça iten de kendisi. Suç tezgahlarını kendi hazırlıyor.

İşte arkadaşa soralım, ırza tecavüz etmiş... İçkili olmasaydı ve de devletin tahrik eden kültürü olmasaydı burda olmazdı. İçkiyi devlet üretiyor, meyhaneyi açma belgesini devlet veriyor... Sonra insanlar bir hata yaptıkları zaman tıkıyor cezaevine. Sana dışarda merhamet etmeyen, seni suçtan suça iten bir devlet idaresi sana içerde neden merhamet etsin?

Vedat:

— Bırak be imam. Seni ruhum sevmişti. Gözlerim dürüst adam görmeye hasretti. Seni de dürüst temiz bir müslüman gördük. Gözlerim çıksın be. Gitmiş te bir anarşisti beğenmiş. Sen ne karışıyorsun devlete, din adamı devlete karışmaz. Din işi ayrı, devlet işi ayrı.

— Senin söylediğin kilisenin din adamı canım, İslâm'da öyle bir şey yok. Müslüman kendi devletine nasıl karışamaz. Elalemlerin güdümünde mi yaşar, müslüman? Sence fikirsiz, siyasetsiz mi olur din adamı.

Vedat her kelimeden sonra daha çok çileden çıkıyordu.

— Yeter be. Biraz yüz verdik tepeme çıktın. Sana devlet mi suç işle dedi? Daha ne yaptığını bile bilmiyoruz. Hayat hikayeni anlatmaktan da kaçıyordun? Demek anarşistsin. Fanatik aşırı dincisin. Bırak be imam bırak. Sana ruhum kaynamıştı. Canı çıksın böyle ruhun. Seve

seve anarşist bir gericiyi sevmiş.

Elhamdülillah biz de müslümanız. Ama sen bu devleti yıkmak isteyen bir vatan hainiymişsin.

Ebazer mahsun bir ifadeyle cevap verdi;

— Yapma Vedat. Beni yaralama. Beni sevmiyorsan sevme ama benim vatan haini olduğumu söyleme. Ben vatanımı seviyorum. Milletimin yoluna canımı koydum. Hiç olmazsa içinde kalsın söylemek istediğin canımı verdiğim halde size yaranamadığımı görmek istemiyorum. Bırak beni Vedat kardeş sana kırgın olmadan gideyim bu alemden.

— İyi ki bir asılacaksın. İkinci defadır sitem ediyorsun, insan yaptığını sitem eder mi be?

Ebazer çok duygulanmıştı.

— Neden biz müslümanlar kimselere niyetimizi anlatamıyoruz.

Ben sitem etmiyorum. Bu zulüm rejimini görmeniz için canımı ortaya koymuşum. Ortaya konan şey mal mülk değil candır, can. Köpek canı olsa önemsenir. Canımı neden verdiğim bilinsin istedim. Bilinsin ki; demek bu kadar önemli olay var mı, denilsin istiyorum. Belki gün gelir sorarsınız, müslümanlar neden canlarını feda ettiler. Bu dava nasıl bir şey acaba dersiniz. İşte bunun için söyledim.

Ebazer ağlıyordu.

— Bizim canımız sizin gözünüzde ne kadar değersiz...

Vedat kardeşim, vur başıma amma el olma öyle.

— Arkadaş sana canını ver diyen ben miyim be? Vermeseydin. Can öyle kolay mı verilirmiş? Sen aptalsan biz ne yapalım?

Ebazer boşa konuştuğunu anlamıştı.

— Doğru, benim davamı anlayamayan sen tabiki böyle yorumlardın. Bırakalım bunları. Artık konuşmak istemiyorum. Sana canımı verdiğim halde yaranamıyorsam konuşmamın ne yararı olur ki!

— Hay Allah bir can vermişsin nasıl, niye verdiğini bilmiyoruz, habire önümüze sürüyorsun. Bari anlatta canın ne işe yaramış görelim.

— Sıraya koymuştuk ya... Şimdi sıra Muhlis'te. O da yok burada. Gelsin de anlatırız.

Vedat:

— Boş ver şu manyak adamı. Sırayı geçelim. Sıra bu dilsizde.

— Öyle dilsiz denir mi bir insana? Dikkatli konuş.

Yirmibeş yaşlarında mahsun bir yüze sahip olan biriydi konuşma özürlü genç. Sanki sorularla yüklü bir beyni varmış gibi, beyninin temsilcisi olan gözlerini Ebazer'e dikmiş hüzün dolu bakıyordu.

Ebazer ruhtan anlayan biriydi. Hemen anlamıştı bu gencin çok derinden yaralı olduğunu.

Vedat hırçın halini devam ettiriyordu.

— Dinleyeceğim seni be. Bakalım neymiş canını vermeye değen olay? Hadi dilsiz yaz bakalım, sıra çabuk gelsin şu sakallıya.

Ebezer:

— Hani ben imamdım. Neden şimdi "sakallı" diyorsun?

Vedat yere bakarak cevap verdi:

— Beni kızdırdın.

— Ama sen de sakallısın!

— Benim sakalım başka.

— Sonuçta sakallısın.

— Benim sakalım moda... Büyük adamların bile sakalı var. Benim ki masum bir sakal.

Ebazer:

— Yapma be Vedat. Benim sakalımın suçu, alemlere rahmet olarak gönderilen Resulü Ekrem'in istediği şekilde olması mıdır? Sen müşrik sakalı bırakınca, modaya tabi olunca bir şey yok, ben O'nu takip edince suç öyle mi? Yapma Vedat, kıyma kendine... Mahşer günü Rasûlullah'a bakmaya utanırsın.

— Sen şimdi Peygamberi bırak. O siyaset yapmazdı. Devlet işlerine karışmazdı.

— Olur mu Vedat. Efendimiz devlet kurdu, o devletin başına geçti. Devlet kanunlarını açıkladı, halka adâleti getirdi. Adâlet timsali oldu.

Vedat:

— Adâlet timsali Ömer'di. Biz de biliyoruz okadar.

— Ömer deme Vedat. Hazreti Ömer'de. Direk Ömer diye hitap etme, saygısızlık olur. Adaleti Hazreti Ömer kimden aldı. İki cihan serverinden. En adâletli kul Hazreti Muhammed Sallallâhu Aleyhi vesellemdir. Sonra diğer kullar gelir. Hiç bir kulun vasfı, peygamberimizden üstün olamaz. Onu güzel tanımamız lazım. Ama ne acıdır ki; tuttuğumuz takımın, takım kaptanını tanıdığımız kadar bile Allah rasûlünü tanımıyoruz. Yani Hazreti Muhammed Sallallâhu Aleyhi vesellemi tanımıyoruz.

Beşinci Mahkûm Ahmet:

— Ben senden yanayım Ebazer hoca, sen ne diyorsan

destekliyorum.

Vedat:

— Bana bak. Şerefim çarpsın seni ranzaya çivilerim ha. Bana inat konuşma... Canım sıkkın zaten.

Ebazer:

— Sen yılların etkisiyle herşeyi yanlış anlıyorsun. Sinirlerin bozuk. Adamcağız doğruyu kabul ettiyse suç mu işlemiş oldu?

— Sen sus sakallı. Bu benim meselem... Sen varya sen... Gittiğin her yeri karıştırırsın... Git de asıl, niye sabahı bekletiyorlar bilmiyorum. Valla assınlar seni ölürken bile rahat durmuyorsun. İşin garibi, anasını sattığımın hayatını bir öğrenemedim, çatlıyacağım.

Abdullah:

— Doğru... Sen gerçekten tehlikelisin. Ama buna rağmen doğru konuşuyorsun.

Vedat sinirlenmişti. Kaşlarını çatarak cevap verdi:

— Bana bak, bu sakallıya bu koğuşta sadece ben hakaret ederim başkası edemez.

Abdullah:

— Aa! Delinin zoruna bak. Neden ben de hakaret edemez mişim?

— Bilmiyorum... İçimden ona karşı kin duysam da yine de elimde olmayan duyguyla onu savunma ihtiyacı duyuyorum.

Ebazer Abdullah'a:

— Aferin sana. Irz düşmanısın ama bir çok nâmuslu görünen ve devletin en önemli yerlerine gelenlerin çoğundan daha güvenilirsin. Nâmussuzluk yapıyorsun ama, doğruyu kaldırıp atmıyorsun. Onlar, güya namuslu ama doğruyu kabul etmiyorlar. Kendi sinek beyinlerine göre din uydurup "bu İslâm'dır" diyorlar. Yani onlar, senden daha büyük namussuz. O yüzden, senin gibiler gün gelir doğru yolu bulurlar. Ama tevbe etmeden azrail gelirse onu bilmem.

Vedat:

— Bırakalım şu din işlerini... Yahu abdestim yok. Sonra senin din anlayışın dönüp dolaşıp devlete geliyor. Bu ne biçim din? Taa devlete uzanıyor?

— Hatta daha yukarılara... Yıldızlara, saman yollarına, gezegenlere, yıldızlar âleminin üstüne... Yedi katın üstüne, denize toprağa bu ve öteki dünyaya. Bu din hepsine ulaşıyor. Ama onu tanımıyoruz...

Bu arada Şişman mahkûm Muhlis gelmişti. Kapı açılınca kapıyı tamamen kaplıyordu. Suratını asarak söylendi:

— Ay gene buraya mı geldim?

Vedat:

— Nereye gidecektiniz beyefendi? Sizi oraya alalım...

Sonra duraklayıp sordu:

— Dosyan tamamlandı mı şişko?

— Ne dosyası?

— Yanında duran gardiyan bozulmuştu.

— Ne dosyası olur mu beyefendi? Eksik olan dosyanızı doldurmak için seni bölme kapısına almadık mı?

— Haa evet... Evet evet. Az kalsın unutuyordum.

Gardiyan gittikten sonra Vedat taklidini yapmaya başladı gardiyanın.

— Ne dosyası olur mu beyefendi, eksik dosyan. Şerefsizler. Sanki yuttuk. Ulan tezgahı hazırlayan biziz, bize nanik atıyorlar... Para dosyası, rüşvet dosyası... Oluyor eksik dosya.

Ebazer taşı yerine koymak istiyordu.

— Aaa Vedat kardeş! Senin söylediğin düzene hakaret olmaz mı? Kendi vatandaşlarını kodeste bile enselettiriyor mu bu devlet?

Muhlis:

— Ne olur kunuşmayın. Bana dedi ki "eğer konuşursan bir daha şey yersin" dedi. Ne olur bir şey söylemeyin.

Vedat:

— Kes be düdük. Onları bilmeyen mi var?

Ebazer:

— Vedat kardeş neden rencide ediyorsun adamı? Hem kendin yardım etmişsin. Rüşvet verilmeye yardım edeceğine, bu kardeşi ikna etseydin de biraz aç kalmaya alışsaydı daha iyi olmaz mıydı? Üstelik rüşvet verilmeye mecbur kalınacak bir iş te değil ki eh desem.

— Öf be bıktım... Başka konulara girelim. Şişko hayatını anlatma sırası sende... Senin yüzünden öteki mahkûmlara geçilemiyor... Hayatının ne olduğu belli ama yine de anlat.

— Benim hayatım hayat işte. Bırakınız beni lütfen.

Vedat ağzını eğerek,

— Sahiden hayat mı be. Ben de araba motoru sandım.

Ebazer:

— Bırakın arkadaşı. Kimseye baskı yapılmaz, konuşamayabilir? Konuşmak isteyene de istemeyene de karışmayalım.

— Şerefim çarpsın, sadece günde kaç öğün yemek yer onu merak ediyorum.

Şişko Muhlis ağlamaklı bir ses tonuyla:

— Ben fazla yemiyorum ki. Herkes gibi üç defa yiyorum, ama hastayım onun için bu hale geldim. Beni ayıplamayın Vedat Beyefendi. Başınıza gelirse görürsünüz.

— Hadi canım babanın milyonlarını yemek seni böyle yapmış.

Ahmet:

— Ne babası be? Halkın parası. Babası o kadar çok fabrikayı nerden bulmuş? Hadi iki fabrikayı anladık ya onlarcası ne oluyor?

— Benim babam hırsız değil ki.

Ebazer:

— Bırakın adamı. Babanın suçu evlattan, evladın suçu babadan sorulmaz. Bu kardeşimiz hikayesini anlatmak istemiyor. Sıra dördüncü mahkûmda.

Bu arada göz göze gelmişlerdi konuşma özürlü mahkûmlar. Sanki bir şeyler söylüyordu... Evet evet taa ruhunun derinliklerinden mesaj veriyordu, Ebazer'e. Ebazer mesajı alıyordu; ama henüz herşeyin ne olduğunu anlayamıyordu.

Ona bakarak hemen bir şiir okumaya başladı:

Dinle beni kardeşim, ruhumu dinle
Biz çoktan anlaştık bile seninle
Nice dili dönen dostlar vardır ki düşman,
Düşmanken başımıza oldu kahraman!
Üzülme dilim yok diye dikkat et.
Gönül dili önemlidir gayret et.

Seninle konuşamazsak bile üzülme
Ruhlarımız sarıldı bile birbirine
Seninle aynı inanıyoruz besbelli
İç dünyamız hemen oldu senli benli
Görüyorsun dili dönen niceleri
Ateş görünce bizi itiyorlar ileri
Fikirleri bize düşman, bakışları kin dolu
Zikirleri bize düşman yolları şeytan yolu
Seninle en güzeli konuştu ruhlarımız
Bırak duymasın o sesi kulaklarımız
Nice dili olanlar gördük insanlığı karışık
Senin dilsiz halin bile şurada bir ışık.
Anladım seni, sen bana dostça bakıyorsun
Gözlerinle bunları güzel anlatıyorsun
Üzülme konuşamadım diye sakın üzülme
Öyle güzel konuştun ki, koğuş güldü yüzüme.

Vedat bir an önce sıra Ebazer'e gelsın diye hemen konuşma özürlü genç hayatını yazsın istiyordu. Birden aklına geldi;

— Allah kahretsin kağıt yok.

Ceplerini şöyle bir karıştıran Vedat:

— İşin kötüsü para da yok.

Muhlis çok parası olan saf, temiz ve cömert biriydi hemen sordu:

— Bu saatte paran olsa ne yazar?

— Paran olsa herşey yazar. Şurdan beş altı kağıt alacak kadar para verecek olan var mı?

Şişman adam:

— Ben vereyim.

— Yaşa be şişkomik şirketi. Sen varken halimiz iyi.

Bu arada yine sırası ve yeri gelmişken sordu Muhlis:

— Benim ne zaman çıkacağım hakkında hâlâ birşey söylemedin.

Vedat çok sinirlenmişti ama belli etmemeye çalıştı.

— Duuur dur bakalım... Yarın sabah falına bakar söylerim. Sen şu parayı çıkar.

Şişman adam:

— Kaç para?

— Eh on papel yeter.

— Ama on mektup kağıdı bir papel değil mi?

— İyi ya dokuzu rüşvet olacak.

Ebazer yapmayın dediyse de Vedat dinlememişti. Aynı gardiyanı çağırıp kağıt siparişini vermişti.

— Bu saatte kağıt bulunmaz, ama sizin hatırınız için gidelim.

Vedat:

— Biliyorum abi. Sen hep bizi düşünüyorsun. Yoksa para için böyle şeyler yapacak kadar alçak olur musun sen?

Gardiyan:

— Yahu sen beni görünce neden böyle konuşuyorsun?

— Sen namuslu adamsın abi. Onun için içimden geliyor. Sakın yanlış anlama. Sen rüşvetçi, çıkarcı, namussuz olsan, seninle konuşmam bile.

Ebazer:

— Gardiyan bey! Hep soracağım unutuyorum, neden bu koğuşta tuvalet yok, kapı da kilitli?

Vedat:

— Buranın içine edilen helası kıymetli de ondan. Herkese hemen gösteremezler.

Daha önce aynı cezaevine gelmiş olan cevap verdi.

— Ama daha önce bu kapı açık olurdu. İsteyenler koğuştan koğuşa geçerlerdi.

Gardiyan cevap verirken biraz çekingendi.

— Bize gelen emir böyle. Dinciler cezaevine baskın yapacaklarmış.

Şişman adam çok korkmuştu.

— Nee! Dinciler mi?

Vedat alay edercesine devam etti.

— Yok be. Onlar tavuk kümesi bile basamazlar.

Gardiyan:

— Ama yarın asılacak bir lider varmış bu cezaevinde. Güya onu kaçıracaklarmış.

Vedat Ebazer'e bakarak,

— Yok be. Nasıl biriymiş o lider!

— Bilmiyoruz. Zebanilerin elde ettikleri bilgi bu kadar. Bu açıklamaları kimseye yapmazdım ya. Hadi size...

Vedat sözünü kesti:

— Bizim hatırımız için yapıyorsun bu iyiliği değil mi abi? Herşey bizim için. Bize çok önem veriyorsunuz.

Gardiyan gidince sinirli sinirli kapıya bakan Vedat:

— Hastir ordan... Eşşoğlu eşşek, kimi kandırıyorsun.

Vedat yıllardır insan, bilhassa gardiyan sarrafı olmuştu. Namuslu, dürüst gardiyanları da ötekileri de hemen tanırdı.

Kağıt kalem verilmişti konuşma özürlüye. Yarım saat sonra yazdığı mektubu Ebazer'e uzattı. Ebazer soğuktan donmaya dönen ellerini oğuşturarak yazıyı okumaya başladı.

— Hocam, Esselamu aleyküm,

Size ne yazacağımı bilemiyorum. Önce sakatlığımdan başlasam daha iyi olur herhalde.

Bu yaşıma kadar benim hayatımın en acı bölümü çocukların kızdıkları zaman bana dilsiz diye bağırmaları, bazı insanların "dili olmayanın dini de olmaz" sözleridir. Hatta bu sözü söylemelerinin yüzünden demek ki, "dilsizim" diye "dinsizim" düşüncelerine girdim zaman zaman.

Bizim insanlarımız, sağlam vücut bozulmaz sanıyorlar. Hangi sağlam beden, hangi doktor, hangi generalin vücudu toprak olmayacak. Çocuklarına bu eğitimi vermeyenler kendileri de eğitimsiz demektir. Bence bir sakat için sakatlık o kadar önemli değil, Allah'a ve âhiret gününe inanıyorsa, ibâdet ve duâlarıyla kederini unutur. Ama insanların cahilce bakışı, sakatlıktan daha çok üzüyor insanı.

Çocuklara terbiye verilmiyor. Kızan çocuk başkalarına küfrederken, sakatların sakat yönünü söylüyor. Çocukluğum boyunca hep bana kızanlar "dilsiz, dilsiz" diye bağırdılar. Her şeyi unutsam bile bence hayatımın en unutulmaz yeri burası. Bir gün hocam bile "dilsiz" diye çağırdı beni. Bakın şu koğuşta bile çoğunuz bana dilsiz diye hitap ettiniz. Bazıları da benim dilsizliğimi görünce "aaa dilsizmiş" diye bağırıyorlar.

Ben iki yaşıma gelince dilsiz olduğum anlaşılmış. Babam annemi o kadar çok dövmüş ki "neden dilsiz doğurdun?" diye.

Annem, zavallı, neye uğradığını şaşırmış. Fakat annemin hakkını arayacak hiç kimse olmadığı için kadın kimselere bir şey söyleyemezmiş.

Babam kızınca dilsiz şeytan derdi bana. Bu söz öyle canımı yakardı, o kadar çok kırılırdım ki, her defasında ağlardım. İnsan evladına sen sakatsın diye buğzeder mi? Çocuğun suçu ne? Bunu anlayacak kadar dünyayı tanımıyordu.

Evden kaçmayı defalarca düşündüm. Ama babadır, birgün babam da hatasını anlar dedim. Annemi de çok seviyordum. Onu bırakıp hiçbir yere de gidemezdim.

Bir gün gördüğüm bir film beni çok etkiledi. Filmde çocuk evden kaçıyordu. Daha sekiz dokuz yaşlarındaydım o zaman. O yaşta çocuk kimden ne görürse onu taklit eder. Ben de filimdeki çocuğu taklit ediyordum. Bizi filmlerin kucağına terk etmişti düzen.

Hazırlandım... Eşyalarım elimde giderken babam beni yakaladı... O kadar çok dövdü ki dünyayı iki gün karanlık gördüm. Annem çok ağladı... Babam habire söyleniyordu.

— Dilsiz şeytan... Allah belanı versin. Evime uğursuzluk getirdin. Bu yetmezmiş gibi bir de evden kaçıyorsun. Sonra ben elegüne karşı ne derim onu düşündün mü, dedi.

O günün ertesi, babam tarlaya gitti. Yorulmuş, otlağa yaslanıp uyumuş. Meğer altında yılan varmış. Yılan babamı tam dilinden sokmuş... Öldü tabii. Dili şişmiş simsiyah olmuştu. Kefendeyken bile içeri sokamadılar dilini.

Vedat hemen okumayı kestirmişti:

— Oh olsun adama. Nasılmış dilsiz demek görmüş işte. Cehennemlik adam. Hem de dilinden buldu belâsını.

Ebazer:

— Hüküm verme. Senin dediğin gibi de olabilir, böyle bir ölüm çocuğa yaptığının günah bedeli de olur. Belki böylece, o sözlerden ahirete fazla günahı kalmayabilir de... Bize gaib, Allah'a âyandır. Bir insan ne kadar feci şekilde ölürse ölsün, küfürde değil ise yerini Allah bilir. Müsadenle okumaya devam ediyorum.

Vedat, kendisine soru sorulmasından dolayı kasılarak ellerini cebine sokup cevap verdi:

— Oku oku müsaade ediyorum.

"Babam ölünce annemle beraber kaldık... Fakirdik... Aç bile kalıyorduk. Ben okul masrafını bile bulamıyordum. Annem de hastalanmış doktor parası bulunamıyordu. Zavallı annem.

— Oy oy dedikçe, sanki âlem yıkılıyordu. Annemle konuştuğumuzda "Oğlum, ne yapacağız yavrum! İkimiz kaldık, seni okutabilsem, hastalığım o kadar önemli değil. Seni kurtarayım Allah canımı sonra alsın" derdi.

Anacığım çok fedakrâr anadır... Babasından mirası vardı. İki de bir "merak etme oğlum. Dayın mirasımızı verir vermez buralardan gideceğiz." diyordu.

Ama dayım bize rest çekti. Allah'ın verdiği hakkı bize vermiyordu... İki de bir dayım "kadın kısmı miras almaz. Evin erkeği benim" diyordu. Halbuki İslâm'a göre bize onun bakması gerekirdi. Onun için miras hakkı annemden fazlaydı. Ama o Allah'ın kanunlarını dinlemiyordu. Annem dayımı mahkemeye verdi. Mahkeme yıllarca devam etti.

Mahkemeye vermeden önce dayıma çok yalvardı "ağabey biz kardeşiz. Benim hakkımı ver, mahkemelere çıkmayalım. Allah'ın kanunu ile halledelim meselemizi" dedi. Ama dayım "hangi çağdayız. Bu çağda Allah'ın kanunu geçmez" dedi.

Annem de çok sinirlendi, madem ki sen Allah'ın kanunu ile değil de kulların kanunu ile hareket edeceksin o halde seni kulların kanunuyla yargılayacağım" dedi. Bu defa dayım dindar kesildi, "Düzenin mahkemesine muracaat etmeye utanmıyor musun?" dedi.

Aradan aylar, yıllar geçti. Bürokrasinin ve devletin iflas ettiği mahkemelerde hiç bir dava zamanında halledilemezdi. Eğer ortada rüşvet yoksa. Bizim mahkememiz de halledilmedi.

İyice parasız kaldık. Ben de çok hastalandım. Doktora gittim. Kansızmışım. Apantistim varmış, fazla kansız olduğum için tansiyonum fazla düşüyordu. Kan bulunmadan ameliyat olamazdım. Yemeğe para bulamayan ben, kan'a nerden para bulsaydım.

Bu gerçeği öğrendiğim gün sancılar içinde kıvranıyordum. Ama hastahaneler bana bakmıyordu, bu gün git yarın gel. Doktorların çoğu sosyete kadınlarının göğüslerine göbeklerine plastik ilaveler yapmakla ya da vücutlarındaki yağları almakla meşgul oluyorlardı. Hal böyle olduğundan tabiki geride kalan doktorlar halka yetişemiyorlardı. Yollarda, tıklım tıklım dolu otobüsler içinde bağıra bağıra ağlıyordum... Doktorlara yalvarıyorduk ama "getir parayı ameliyat edelim, bizim elimizden başka bir şey gelmez"diyorlardı. Haklıydılar tabi. Sırf ben değildim ki hasta olan. Bizlere devletin el uzatması lazımdı. Ama düzen bizi göremiyordu. Çünkü bizim vergi verebilecek paramız da yoktu, satın alacağımız millet vekili de.

Apandistim patlamış öldüm öleceğim. Hastahane koridorlarında böğüre böğüre "beni kurtarın" demek istercesine bağırdım. Artık bağıracak halim kalmamıştı. Oraya yığıldım.

Baktım genç bir delikanlı geldi başıma dikildi, "kardeş dedi, kalk sana yardımcı olayım ameliyat ol" bana hem para hem de kan verdi. Meğer durumumu annemden öğrenmiş.

Bu adam benim hiç bir şeyim değildi. Ama bu adam dinde kardeşimmiş. Bazı iyilik yapan insanlar vardır ya hani hem iyilik yaparlar hem de "sana iyilik yaptık" diye kasılırlar. Onlardan biri asla değildi. Bana baba gibi, hatta ne babası, daha candan daha şefkatliydi.

Onun sayesinde İslâm'a döndüm... Gözüm her yerde onu aradı... Gördüğüm resimlerde gittiğim camilerde, sokaklarda, caddelerde hep onu aradım ama bulamadım.

Aradan yıllar geçti... Dayımdan mirası aldık. O güne kadar herşey rayındaydı. Ve o gün bizim evimizi yakan dayımı bıçakladım. Zavallı anacığım polisler beni almaya geldiğinde taaa ciğerinden gözyaşı döküp ağlıyordu. Arkamdan bakakaldı.

Tutuklanıp buraya yolladılar. Kapıdan girer girmez yıllardır aradığım insanı, canım hocamı tıpkı size benzettim. Âdeta kaderimin üzerine bana sevinç müjdesi gibi geldi. Boynuna sarılmak istedim ama cezaevine girişimin şok halini yaşıyordum.

O muhteremin sayesinde dünyam değişti. Ona benzeyen her şeye saygım vardı. Bana "dilin yoksa dinin de yok" demedi. Bilhassa bana canıgönülden sarıldı. Öyle çok etkilenmiştim ki ondan sonra bütün müslümanları kucaklamak istedim. Hatta o kadar etkisinde kalmıştım ki, bir müddet Ebazer hocamı O zannettim. Yani seni o zannettim. Hatta birisi onun kıyafetinden giymiş olsa gidip o kıyafeti öpmek istediğim oldu. Beni tanırsın diye de çok baktım ama tanımadın. Tabii aradan yıllar geçti. Beni tanımaman çok normaldir. Kim bilir sen kaç kişiye yardım ediyorsun... Yüzlerce insanı gören insan tabiki simaları hemen tanıyamaz dedim içimden. Sonra aklımı başıma topladım o insan sen değildin ama onun ruhuyla seninki inan aynı ruhtu. Evet ben o gencin damarlarımda kanını, ruhumda sizin ruhunuzu taşıyorum. Yazdığın şiirde diyorsun ki, ruhlarımız sarıldı bile birbirine. Senin ruhunla sarılmayan ruhu zaten istemem ki ben... Sana önem vermeyen hiç bir şeyi istemem.

Hastahaneden çıktıktan sonra onu çok aradım ama bulamadım. Ona minnet borcum vardı... Bir teşekkür bile edemedim. Ama onun iyiliğinden sonra böyle müslümanlar da var diye kuvvet buldum. Ondan sonra da her şey çok değişti. Çok dinî kitaplar okudum. Yani hayat hikayem bu kadar. Şimdi sonucu ben de bekliyorum. Karakol, ağır tahrikten ilk mahkeme de beraat edersin, dedi.

Koğuş çok sessizdi. Bu hayat hikayesi de açmamıştı Vedat'ı.

— Öff be... Bu da hayat mı? Ne olmuş aslanım dilsiz olmuşund a? Bizde dil var da ne işe yarıyor? Senin hayatın da ilginç değil. Ben ne hayatlar dinledim bilseniz. Buna hayat demezsiniz.

— İlla da ilginç mi olmalı insan hayatı? Gencin çektiği çileye baksana. Dilsizliği yetmiyormuş gibi bir de suçlanıyor. Babası tarafından aşağılanıyor. Bir evlat için bundan daha acısı ne olabilir?

— Yahu kelek babalar ne bilsin çocukların halini. Çok görmemek lazım?

Ebazer cevap verdi:

— Olur mu öyle şey? Al papazı ver kızı, falan maçta penaltı, falan şarkıcı şunu yaptı, bunları öğreniyor ya... Onlarla vakit kaybedeceğine, ben bir babayım, babalık görevleri nedir acaba diye düşünsün, düşünmeli. Bu millet çocuklarıyla ilgilenmenin yordamını, yollarını bilmeli. Aksi takdirde çocuklar babalarının hatalarını her zaman İslâm'a mal ederler.

Vedat sinirlenmişti tekrar.

— Bak yine İslâm dedi. Yahu her şeyi getirip getirip İslâm'a dayandırıyorsun. Söyledim sana ben apdestsizim. Allah deme... İslâm deme. Sonra senin İslâm'ının raconu da başka dedik ya. Şerefim çarpsın bu gece uyumayacak senin hayat zırıltını mutlaka dinleyeceğim.

Üst ranzada yatan idam adayı yine horlamaya başlamıştı...

Şişman adam kaplumbağa gibi, omuzlarının arasına başını gömmüş yorganı ağzına kadar dayandırmış, öylece duvarlara bakıyor. Bazen de koğuşta gezen Vedat'la gözgöze geliyordu.

Vedat sık sık ortaya olmadık bir laf atıyor insanları güldürüyordu. Ebazer kalkıp biraz geziniyor, yine sandalyeye oturuyordu.

Vedat ikide bir:

— Sen üşüsen de olur idamlık, yarın mortu çekeceksin nasıl olsa. Verem olma ihtimalin katiyyen yok.

Ahmet:

— Baksana cezaevini basacaklarmış. Kim bilir belki de o hoca budur. Sahi sen hoca mısın arkadaş?

— Evet... Arkadaşlar öyle diyorlar.

Şişman adam Vedat'a çok dikkatlice bakıyordu. Vedat farketmişti bunu.

— Söyle ulan ne var, yine hela mı diyeceksin?

— Hayır. Tuvalet demiyeceğim efendim. Gelir misin kulağına söylemek istiyorum.

Vedat sinirli sinirli yaklaşıp,

— Konuş konuşta beni takip eden gözlerini başka yere çevir artık.

— Şey Vedat Bey, benim canım kola istiyor da!

Vedat birden doğrulup, gözlerini yan yan şişman adama diktikten sonra ağzını eğerek:

— Yok ya... Sahi mi söylüyorsun?

— Vallahi sahi söylüyorum. Hepinize de birer tane ısmarlarım...

Vedat'ın sesi kısılmıştı...

— Bana bak seni kedi boğar gibi boğarım şurda. Leş kargası küfür mü ediyorsun bana? Bu saatte ben kolayı nerden bulayım? Üstelik burasının cezaevi olduğunu yine mi unuttun? Üstelik bu soğuk havada. Biz donuyoruz, sen yanıyorsun, sakın ha bir daha sesini çıkarma, ağzına hamam böceği koyarım.

— Anneee! Yapmayın ne olur. Ben bir şey istemiyorum. Tamam tamam, kola-mola istemiyorum.

Koğuş birden yine değişik bir havaya girmişti.

Vedat:

— Bu koğuşun havası beni sıkıyor. Hiç neşeli adam yok ya bu koğuşta. Birazda manitalardan bahsedelim saatler çabuk geçsin.

Ebazer:

— Rica ederim. Ben namuslu bir erkeğim, yanımda namussuzlukların bayraklaşmasına izin veremem.

– Ne demek ulan bu? Biz namussuzmuyuz?

— Seni bilmem, ben kendimden bahsediyorum. Sen de namuslu bir adama benziyorsun. Fakat namuslular, namussuzlukları dinlemekten utanç duyarlar.

Vedat elini savurarak bir ıslık çınlatmıştı.

— Desene on yıldır benim dinlediklerimden sonra bendeki namus pörsüdü, kalbur gibi delik deşik oldu. Senin gibiler böyledir işte. İç açıcı meseleleri konuşturmazlar insana.

— İç açarken imânın yollarını kapattığınızı tabiki bilmiyorsunuz. Sonra şunu neden düşünmüyorsun ki, bir adamın iç açıcı diye bahsettiği fahişeliğinde, ya senin benim bacımız anamız var, ya kızımız karımız var. Ya da kurtarmamız gereken kadın var.

Vedat birden annesini düşündü.

— Ya onca olayını anlatan erkeklerin birinin metresi benim annemdiyse.

Beyni allak bullak olunca hırsla Ebazer'e saldırdı.

— Tamam tamam. Burası cami kürsüsü değil.

— Ama doğrular sadece camiye sıkıştırılıp kalamaz ki Vedat kardeş. Bize namussuzluğu, kadın yaparsa fahişelik, erkek yaparsa çapkınlık olarak lanse ettiler.

Vedat hemen konu dışına çıktı:

— Ne oluyor be? Saatlerdir hiç kimse bana piç demedi. Ben sıkılıyorum arkadaş. Namuslu kadının evladı gibi olmak istemiyorum. Tamam mı idamlık?

Şişman adam:

— Ay! Ne olur idamlık deme. Onu sandalyede otururken görünce hortlak sanıyorum.. Korkuyorum ben.

Vedat ters ters bakmakla yetinmişti.

On onbeş dakika geçmiş kimseden ses çıkmıyordu.

Vedat duvarlara bakıp kendi kendine işaretler yapıyor, idamlık genç Ebazer de ellerinin arasına başını koymuş düşünüyordu. Orta katta iki mahkûm, alt katdaki bir mahkûm ranzaları doldurmuşlar, en üst katta bir kişi vardı, oraya Vedat yatacaktı. Ama içi elvermiyor. Ebazer'in orda yatmasını istiyor, ama ona sinir olduğu için de "sen orda yat"demiyordu.

Ebazer, Vedat'ın duvarlara farklı bir şekilde baktığını görünce sormadan edemedi:

— Vedat kardeş! Sen neden öyle bakıyorsun duvarlara?

— Bilmem. Bu duvarlar sanki benimle konuşuyor gibi geliyor bana. Bak bak şu duvar. Sanki bana dil çıkartıyor. Sonra suratını asarak kaşlarını çatıyor. Ben senin gibi neleri gördüm enayi diyor gibi geliyor bana. Buruşuk suratlı şey.

Ebazer bu sözlerden sonra ancak gülebilmişti.

Vedat:

— Niye güldün? Hocalar insanlarla alay eder mi?

— Hocalar alay etmez. Ama hocalar da gülerler. Hele böyle duvarı hayalinde konuşturan birini görünce, gülmeyen birini zaten düşünemiyorum.

Vedat sinirli sinirli cevap verdi:

— Sen benim halime güleceğine, otur kendi haline ağla. Taştan mısın be adam? Nerdeyse ben senin için ağlayacağım... Sen ağlamıyorsun?

Derin derin bir iç çeken Ebazer:

— Ben ağlarsam kendim için değil, anam ve nişanlım için ağlarım. Çok iyi biliyorum ki, onlar şu anda birbirlerine sarılmış vaziyette ağlıyorlar. Ama yine de ağlamamak için kendimi tutuyorum.

Vedat birden hatırlamıştı konuşmaları.

— Sahi yahu... Hani sen hayatını anlatacaktın? Bu züttürüklerin hayatını geç. Belki senin ki işe yarar. Hele bir anlat şu meredi be. Meraktan çatlayacağım nerdeyse.

— Koğuşun havası değişti. Zaten daha beşinci arkadaş duruyor... O anlatsın.

Ahmet hemen yatağından doğrularak yarı sarhoş konuşmaya başladı:

— Benim hayatımı da geçin. Anlatmak istemiyorum. Ama seni bayağı merak ediyorum... İlginç bir adamsın. Sen yarın asılacaksın, bana ibret veriyor halin. Ama hâlâ bilmiyoruz neden idamlık olduğunu? Fazla naz yapman da canımı sıkıyor.

Vedat:

— Tabi ya haklısın, adam yarın öteki dünyaya gidiyor. İkide bir "size canımı verdim yaranamadım" diyor. Ama bizim haberimiz yok. Bizim için canını veriyormuş. Sanki ben söyledim canını ver diye. Hemen niye sitem ediyorsun? Al arkadaş canını, madem sitem edeceksin niye veriyorsun?

— Yanlış anladın, ben sitem için değil, size verdiğim önemi anlayın diye söyledim. Ama yanlış yaptım. Bunu söylememeliydim. Sen benim canımı verdiğim davanın ne olduğunu bile bilmiyorsun, ben sana sitem ediyorum. Nasıl olsa bana inanmıyacaksın. Nasıl olsa seni ve senin gibileri bizim hakkımızda aldatacaklar... Bizden bahsederken, kendilerini insan haklarına riayet eden melekler gibi gösterirken, bizi birer canavar gibi göstermeyi başaracaklar. Sizler ve halkımız, hemen onlara inanacaksınız. Onlar televizyonda, onlar gazetelerde taht kurmuşlar. Yani ne söylesek boş. Savaşı onlar kazanacaklar.

Vedat alınmıştı bu söze.

— Yani biz aptalların tekiyiz, hemen inanacağız öyle mi?

Ebazer derin bir iç çekerek cevap verdi.

— Hayır aptallıktan değil, onları tanımamaktan dolayı onlara inanacaksınız. Onları tanımıyorsunuz. Onlar her şeyi İslâm'a inat olsun diye kötüler, ama İslâm'a söylüyoruz bunları demezler. Örf yanlış derler. Adetlerimiz bağnaz derler.

— Sen resmen bölücülük yapıyorsun. Siz biz diyorsun... Onlar diyorsun... Bu ülkeyi üçe böldün hâlâ ben halktan yanayım diyorsun.

Ebazer bir acelesi varmış gibi hemen cevap verdi:

— Hayır, sen başkalarıyla karıştırıyorsun. Ben halktan yanayım demedim. Çünkü, ben Hak'tan yanayım. Hak mutlaka doğrudadır. Ama halk sapıtabilir. O zaman ben halktan yana değil, Haktan yanayım. Ama halkı kurtarmaya çalışıyorum. Hak için, halka hizmet vermek, onlara gerçekleri anlatmak üzerimize farz kılınmıştır. Bir şair der ki;

İman edenlerin görevi,

Cihana davetiye götürmektir.

Her davetçi hemen gülemez belki.

Yine de davayı yerine iletmektir.

Ama davet edilen o daveti kabul eder veya etmez. Biz bu âlemde, Allah'a kul olmak için varız. Allah'a iyi kul olmak için de, Allah'ın kulları Allah'a davet edilmelidir.

Vedat:

— İyi iyi anladık. Sen şu hayatını anlatta, çık benim yerimde yat. Ben sandalyenin tepesinde pineklerim.

Ebazer bir türlü Vedat'a akıl erdiremiyordu. Bir bakıyor Vedat iyi biri, bir de bakıyor ki, kötü damarı tutmuş.

Olacak gibi değildi. Ebazer karar vermişti, hayat hikayesini anlatmaya. Mahkûmların hepsi dinliyorlardı. Birden özürlü genç bir pusula verdi.

Pusulada şunları yazmıştı.

"Hocam, beni affediniz. Nasıl oldu da ben ranzamı sana vermedim? Ne olur, gelin benim yerimde yatın, ben sizin yerinizde oturacağım."

Ebazer notu okuyunca gülümseyerek teşekkür etti:

— Allah senden razı olsun. Düşünmen bile yeter, diyerek yine bir şiirle karşılık verdi.

Dostun en güzel yönü
O hep iyiyi diler.
Dünya çoktan çökerdi,
Olmasa sen gibiler.

EBAZER'İN HAYATI

Ben Başkent'te doğdum. Annem de babamda temiz insanlardı. Dinlerini fazla bilmezlerdi ama ne kadar biliyorlarsa bildikleriyle yaşarlardı.

Benim müslüman olmam için canlarını feda ederlerdi... Orta okula kadar, bazen namazımı kılar, orucumu tutar ve Kur'ân dinlemeyi de çok severdim. Ortaokulda son sınıfta bozulmaya başladım. Elime verilen bir kitapla başladım bozulmaya. Sonrası devam etti.

Lisede tam bir dinsiz oldum, sonra öğretmen okuluna gittim. Bir taraftan da üniversite sınavlarına hazırlanıyordum.

Benim halime annem ve babam kahroluyorlardı. Onlara sorduğum soruya cevap veremiyorlardı.

Öğretmenliğime başladığım yıl oldu olanlar.

Ben dil bilgisi öğretmeniydim ama, adeta din bilgisini üstlenmiş gibi her fırsatta İslâm'ın aleyhinde konuşuyordum. Verdiğim örneklerin hepsinde İslâm'ın aleyhinde mutlaka birşey vardı. İslâm'ı bilmediğim için müslümanların her kötülüğünü İslâm'a mâlediyordum. Geri kalmışlığımızı, hâlâ batılılar gibi düşünemeyişimizi, a'dan z'ye herşeyde dini etken kabul etmiştim. Hele imamlardan öyle nefret eder olmuştum ki sebebini ben bile bilmiyordum. Demek ki farkında olmasam bile beni başkaları yönetmiş. Kısaca: Müslümanların her kesiminden, İslâm'ı hatırlatan herşeyden kaçıyordum.

Bir gün öğrencilerime, bir şiiri ödev olarak verdim. "Bu şiirin ne demek istediği konusunda kompozisyon hazırlayın" dedim.

Şiir şuydu:

İREM BAĞI

İrem bağında bir gül dalı olsaydım
Bülbülü davet edip ruhuma kondursaydım.
Ağlaşsaydık bülbül ile sabahlara dek
Bekleseydik o yeri ölene dek.
Yağmur damlası da ben olsam İrem'de
Çiçekleri sulasam o güzel bahçelerde
Çise olsam yaprakların üzerinde
Arasam sevdiğimi dünyanın her yerinde
Taşısam İrem'i dünya üzerine
Su olsam, dökülsem çiçeğimin dibine.
Boş versem Dünya'daki her şeye
Mecnun gibi bakmasam başka şeye.
Birşey olmak istiyorum sevdiğim için
Taş toprak gerekirse kuru bir çim
Ayaklar altında kalmaya da razıyım
Yapılsam bu uğurda kıyım kıyım.
Her şey bana vız gelir İrem bağı
Sırtıma vururum gerekirse şu dağı
Onun için her şeyi göze alırım ben
Bazen uçurtma olur, dallarda kalırım ben
Anladın mı beni ne demek istiyorum.
Ya ona kavuşmak, ya ölmek istiyorum.

Şiiri ödev olarak verdikten sonra dedim ki:

— İşte görüyorsunuz. Müslümanlar kendilerini nasıl alçaltıyorlar. Neyse, siz kendinize göre yorumlayın. Bir hafta aradan sonra öğrenciler verdiğim ödevi hazırlamışlar, şiir üzerinde mütâlâ yapıyorduk.

Bir öğrenci, "o şiir aşık birinin şiiri. Sevgilisine kavuşmak için herşey olmaya razı oluyor" deyince bütün bir sınıf aynı görüşte birleştiklerini ifade etmişlerdi.

Aralarından, o güne kadar dikkatimi çekmeyen çirkin bir kız kalktı... Konuşmak bu şiir'i açıklamak istediğini söyledi. İzin verdim. Çünkü; kara kuru, ufak tefek biriydi. Beni bir sınıfın içinde bozacağına ihtimal vermiyordum. Çünkü onu adam yerine koymamıştım.

Tahtaya kalkınca önce şu şiiri okudu:

Her şiir herkesle konuşmaz,

Aksi zaten ona yaraşmaz.

Gerçeğin ne olduğunu bilmeyene

Şiir bir şey anlatamaz.

Bize hakaretli sözle başlamıştı konuşmaya:

— Değerli arkadaşlarım, sevgili kardeşlerim.

Öğretmenimiz sayın Ebazer Bey, nedense müslüman yazarları kötülemeyi kendisine meslek edinmiş. Geldiğim günden beri. Sayın Öğretmenimizde bu talihsiz manzarayı görmek beni fazlasıyla üzdü. Şimdi de şu güzelim şiirde, hiç yeri değilken yine İslâmî şahsiyet taşıyan şaire dil uzatacak bir bahâne buldular. Olabilir, Sayın Öğretmenimizin bu şiiri anlayacak kapasitesi olmayabilir. Kendisine bunu çok görmüyorum.

Fakat doğruyu da anlatmadan edemiyeceğim.

Bu şiirde yazar, İslâm'ı istemektedir. Ona öylesine gönül vermiş ki, onun için yağmur olmaya, çim olmaya, paspas olmaya razı. O'nun için koca dağı, yani dertleri yüklenmeye hazır.

Bu şiir de alabildiğine bir fedakarlık arzusu işlenmiş. Sonunda şair "ya ona kavuşmak, ya ölmek istiyorum" derken, onsuz yaşamak istemediğini, yani İslâm'la yaşamak istediğini vurgulamış.

Böylesine temiz bir niyetin neresinde aşağılanacak bir şey var, bilemiyorum?

Değerli arkadaşlarım,

Bu zihniyetteki öğretmenlerin her dediğini zihnimize sokarsak, Allah bunu bizden sorar.

İslâm'ı yaşamadığımız yetmezmiş gibi hiç olmazsa yaşayanlara düşman olmayalım.

Bunca şeyler söyledikten sonra bana döndü:

— Bana konuşma hakkı verdiğiniz için teşekkür ediyorum, dedi ve gidip sırasına oturdu.

Küstah biri değildi. Çok kendinden emin biriydi. Şaşırmıştım. Bu genç kız kapalı biri de değildi üstelik.

Ona sordum.

— Sizin isminiz neydi.

— Hatice.

— Fakat siz daha başınızı bile örtmemişsiniz, ne cesaretle kalkıp dini savunuyorsunuz? dedim.

Bana çok kararlı bakan genç ve çirkin kız devam etti.

— Başörtümüzü bıraktıksa, dinimizi de mi bırakalım? Örtünemiyorsak ona da sizin gibiler sebeptir, her ne kadar biz de suçluysakta sizler gibi önde gidenler bizi yavaş yavaş dost görünerek sömürdünüz.

O günden sonra dikkatimi çekti... Çok bilinçli bir kızdı o. Bir gün bana tepeden inme bir soru sordu.

— Hocam! Diller nasıl doğmuştur?

— İnsanlar ilk zamanlar konuşamıyordu, sonra kendi aralarında konuşma ihtiyacı hissettiklerini daha ilk okulda öğrenmiştik.

— İnanmamış bir tavırla sordu:

— Neden yüzlerce lisan doğmuş?

— İnsanlar ayrı ayrı kıtalarda yaşıyorlar da ondan.

— O halde neden her dilin kendine has bir grameri bir tarzı var? Neden, diller birbirlerinin aynısı olmamış? Veya karışmamış.

Yüzlerce dil, tesadüfse, neden tesadüfler birbirlerinin aynı olan dilleri bulamamışlar? Üstelik, insan dili bir et parçası, bir et parçasının bunca kelimelere müsait oluşu ilginç değil mi? Sizce dil bir rastlantı sonucu olarak mı ağız içinde yerleştirilmiş?

Sinirlenmiştim. Hemen cevap verdim.

— Konumuzun dışında kalan bir olay bu.

Ama o devam ediyordu.

— Hayır, konumuzun dışı değil, bilhassa çok bağlantılı. Asıl merkezimiz dil. Konumuz dil dersi, o halde neden dilin üzerinde durmayalım? Onu azarlamayı uygun gördüm. Bana sadece bir kaç kelime söyledi:

— Siz, cevap veremediğiniz soruyu, makamınızın arkasına sığınarak mı geçiştirirsiniz? Ama haklısınız, dili anlamak kolay birşey değildir.

Sonra yine bir şiir okudu.

Dil basit bir şey değildir, dillenir dil.

Dili izah edemez küllenir dil

Dilin ne olduğunu sorar ama dil

Herkeste doğruyu söylemez dil.

Onunla alay edercesine sordum:

— Her söze şiirle mi karşılık verirsin?

— Bazen... Yani gerektiği zaman. Şiiri çok severim. Şiirden anlamayan insanların haline şaşarım.

Ne zaman dinleri kötülemek istesem, ya bir şiir okuyor ya da bir karşılık veriyordu.

Yine bir gün,

– Sizden rica ediyorum, eğer gerçekten insan haklarına inanıyorsanız beni rencide etmeyin. Unutmayın ki ben de bir insanım. Hem de şerefli bir insan.

— Bu sınıfta bir tek müslüman sen misin? dedim.

— Demek ki savunacak kadar İslâm'ı seven insan benmişim. Şu kocaman sınıfta, birinin sevgilisinin aleyhinde konuşun da sonra görün sonucu. Hemen sevdiğini nasıl savunacaklar. Yine şairin dediği gibi.

"Her seven sevdiğine gönlünü verir,

Sıra dine gelince salını verir

Sevmiş olsa Allah'ı böyle mi yapar?

O dinin uğruna canını verir."

Aylar böyle geride kaldı... Arada bir örtülü olduğunu görmeye başladım... Ama üzerinde durmadım.

Bir gün O'na yolda rastladım, eski bir ayakkabısı, yıpranmış bir kıyafeti ve elinde çanta yerine naylon bir torba vardı.

Onu görünce selam verdim. Selamımı aldı. Ben de ev

arıyordum. O'na mahallesinde ev olup olmadığını sordum. "Var" dedi.

— Buyrun isterseniz görün.

— Kaç odalı?

— Üç oda bir salon.

— Ama bize bu ev geniş gelir.

– Gerçi inanmıyorsunuz ama yine de size Hazreti Muhammed (S.A.V) Efendimizin bir hadis-i şerifini söyliyeyim. "Eviniz geniş olsun" buyurmaktadır. Demek ki geniş evde insan daha güzel dinlenir.

— Geniş ev için çok para lazım. Para konusunda da bir şeyler söylüyor mu bari Peygamberiniz?

— Evet söylüyor. Ama konu uzun bir konu. Geniş ev tavsiye ediyorsa, insan imkânı olunca evini genişletir. Nice insanlar, imkânı olduğu halde cimrilik edip daracık evlere sıkışırlar. Kayınlar ve üç dört ev. Kira vermemek için iç içe yaşar. Ama ben inanmayan birine bunları anlatmakla hata ettim. Siz bahsettiğim eve bakacak mısınız?

— Baksam iyi olacak.

Dinsiz olmama rağmen, bir genç kızın İslâm'ı böylesine bilinçli savunması hoşuma gitmişti. Ona saygım vardı. Çirkin olmasına rağmen de kompleks duymuyordu... Belli ki iç güzellikti onun için önemli olan.

Onların mahallesine taşındık. Annemi babamı dindar görünce çok şaşırdı.

— Aaa! Sizin anneniz babanız dindar mıydı?

— Evet, dindardı.

Şaşkın şaşkın sorusuna devam etti.

— Peki siz neden dinsizsiniz? Ailenize benzemiyorsunuz?

— Unutma Hatice. Îman irsi değildir. Babadan oğula geçmez.

— Konuşmanız güzel de size yaramamış.

— Sözlerin çok yerinde. Dinsiz bile söylese güzele güzel diyorsunuz.

— Evet, güzel sözleri kim söylerse söylesin kabul eder, onu bilgi dağarcığıma alırım.

Bu defa Hatice alaylı bir ifadeyle sordu:

— Ama Allah ve Resûlünün sözlerine tenezzül etmezsiniz, değil mi?

— Yooo... Muhammed'in sözlerine saygım var.

— Bu ne biçim saygı, her fırsatta, onu sevenlere saldırıyorsun. Onu yalancılıkla suçluyorsunuz unutmayın, o Peygamber değilse yalan söylemiş olur. Siz komünist misiniz?

— Hayır. Eskiden bir ara komünist takılırdım. Sovyetlerden sonra o fikri benimsemiyorum. Eskiden, Sovyetlerin çok rahat, halkın çok mutlu olduğunu sanırdım. Gördüm ki onlar da eziliyorlarmış. İnsanların aradıkları verilmedi insanlara, ben de sıradan bir ateist oldum.

— Peki mason musunuz?

— Hayır... Sıradan bir dinsizim dedim ya.

— Yazık... Bir gün öleceksiniz. Bakacaksınız ki, meğer dünyada İslâm'ı reddetmeye değecek bir şey yokmuş!!! Yaşadığınız eğlence hayatınızdan da elinizde hiç bir kâr kalmayacak.

— Hatice sen kimden eğitim gördün? Baban mı eğitti seni.

— Hayır benim babam yok.

— Peki annen?

— Annem de yok... Köyümüzü basan caniler evimizi yaktılar. Annem babam o yangında öldü.

— Peki burda kimin yanında kalıyorsun?

Ayaklarının ucuna baktı... Mahzunlaşmıştı. Gözleri dolu dolu cevap verdi.

— Şunun bunun yanında kalıyorum.

— Senin için zor olmuyor mu?

— Tabiiki zor. Kim başkasının evinde mutlu olur?

Onu daha fazla üzmek istemedim.

Daha sonra anneme anlatmış. "Kaldığım evde yemek eksilse, meyve eksilse hemen benden bilecekler sanıyorum. Karı koca kavga etseler benim için kavga ediyorlar, surat assalar bana asıyorlar zannediyorum" demiş. İçim sızladı.

Annem haticeyi çok sevdi. İkide bir bana "şu kız kadar olamadın. O küçücük aklıyla Allah'ı buldu da sen bulamadın" diyordu.

Artık derslerimi istediğim gibi işleyemiyordum, onu üzmek gelmiyordu içimden...

Bir başka gün bana bir kitap verdi.

— Hocam devamlı dinsizliği aşılayan kitaplar okudunuz. Beynimizi tek taraflı yönlendiriyorsunuz. Biraz da öteki tarafları gözden geçirin. Bakın bakalım sizin dışınızdaki alemde ne var ne yok. Bunca insan inanıyor. Hiç olmazsa nasıl inandıklarına bakın. Bir akıllı siz misiniz dünya üzerinde görün. Körü körüne saldırmayın İslâm'a.

Kendimden emin cevap verdim.

— Ama ben Turan Kolu'nun kitabını okudum. O dini çok iyi biliyordu.

Başını sallayarak:

— O dinsizdi. Dinsiz birinin yazdığı dini kitapla İslâm'ı nasıl anlayacaksınız? İster istemez âyetleri ve hadis-i şerifleri kendi inancına göre mana verir, çarpıtır, yalan da yazar.

— Peki bu gece bu kitabı okuyacağım.

Ondan aldım kitabı. Akşam yatak odama geçtim, okumaya başladım. Çok ilmi olmamakla beraber akıcı bir kitaptı... Onuncu sahifesine gelince başlık dikkatimi çekti.

İNANMAYANLAR NEDEN İNANMAZ.

İnanmayan insanları üç sınıfa ayırabiliriz.

Biri, aklını Allah'a vermek istemediği için inanmaz... Ayrıca ona, devamlı dinsizliğin iyi bir şey olduğu inandırılmıştır.

İkinci sınıf, dinin özelliğini bilmediği için inanmaz, ona müslümanların İslâm'ı götürmesi gerekir.

Üçüncü sınıf, sırf dünyalık zevkleri, dinde yasak olduğu için o dini yasaklardan ibaret görür ve sevmez. İnsanların suçunu İslâm'a mal eder.

Düşünen insanlar İslâm'dan kaçamazlar. Onlar çok iyi bilirler ki, Allah günün birinde onları öteki âlemine alacak... Hiç kimse Allah'tan kaçamaz. Ama kimisi labirent içindeki fareye benzer.

İnanmak akıl ister. İnanmak fikir ister. İnanmak güzel bir kalp ister.

Şair bir şiirinde der ki;

Gönül kapısı yetmez inanmak için.
Beyin kapılarını açması gerek,
Rüzgara vermiş aklını soramaz niçin?
Niçini bulmak için koşması gerek.

Yüce Allah şu âyeti celilesinde *"... tam akıl sahiplerinden başkası düşünmez..."* diyor. (Bakara 269)

Evet, zeki olmakla akıllı olmak aynı şey değildir. Akıllı insan mutlaka ama mutlaka Allah'ı bulur. Zaten Allah kendini saklamıyor. Kendisini saklamak isteyen, kendisinin bulunmasını sağlayan delilleri de (âyet) saklardı. Allah varlığını değil zâtını gizliyor. İkisi aynı şeyler değildir.

Ey akıl sahipleri! Allah'a dönün. Bu dünya yaşlanıyor, bu dünya bir gün ölecek... Ya da sen öleceksin. Ölümden önce, sonsuz âleme günahlarla gitme.

Günahlar sana değer vermez!
Bütün günahlar sevimsizdir.
Akılsız insanlar bunları bilmez,
Bütün inkarcılar düşünmelidir.
Bak, şu yağmur bile sana ne diyor,
"Beni seveni ne olur bil" diyor.
Bunun için yaş akan gözlerinle
"Ağlanacak halini ne olur gör" diyor.

Kitap basit bir kitaptı. Ama bana çok şeyler söylüyordu. O gece bitirdim o kitabı. Derken başka bir kitap verdi... Daha başka derken ben Allah Celleye iman ettim ve İslâm'a döndüm. Bu defa çok bilinçli bir şekilde namaz kılıyordum. Sonra müslüman gençlerle tanıştım. Onlar beni çok muhterem bir hocayla tanıştırdı. Hocadan İslâmî bilgiler alıyordum. Bu arada namaz kıldığımı müdür duymuş. Birgün beni çağırdı. Karşısındaki koltuğu işaret ederek "otur" dedi. Ben de oturdum.

Gözlüğünü burnunun üzerine indirip, gözlüğün üstünden bana bakarak sordu:

— Bir şey içer misiniz Ebazer bey?

— Zahmet etmeyin.

— Estağfirullah lütfen söyleyin.

— Peki bir ayran rica edeyim. Çay bana dokunuyor da. Zaten zararlı bir şey kendimi çaydan kurtarmaya çalışıyorum.

Müdür yine aynı üslûbuyla devametti.

— Çok iyi.

Hademeyi çağırıp iki ayran istedi. Ayranlar gelmişti. Müdür uzun bıyıklı kumral biriydi. Ayranı bardakta içen müdürün bıyık uçlarına ayranın üzerindeki yağlar yapışmıştı. İğrenç bir görünümü vardı bıyıklarının... Bir şey yerken de, sanki bıyıklarını yiyor gibi bir görünümü oluyordu.

O anda karar vermiştim, bundan sonra bıyıklarımı kısaltacaktım. İslâm'ın söylediği gibi biri olacaktım.

Müdürün sesiyle düşüncelerimden sıyrıldım. Yavaş yavaş konuya giriyordu:

— Ebazer Bey! Biliyorsunuz ben sizi severim. Son yıllarda ülkede bir dinci akım var.

Hemen sözü nereye getireceğini anlamıştım.

— Evet. Dinsiz akımlar da var bu ülkede, masonik akımlar da zaten kol geziyor.

Müdür:

— Ama benim konum dindarlık.

— Benimki de dinsizlik.

— Bana bakın, ben daha sözümü bitirmedim, ne diye sözümü bölüyorsun?

– Efendim benim namazım hakkında konuşacağınızı biliyorum.

Yine gözlerini gözlüğünün üstünden bana dikerek.

— Rica ederim. Ben senin namazınla değil, faaliyetlerinle ilgileniyorum.

Bardağımı masanın üzerine koyduktan sonra sordum.

— Ne varmış efendim faaliyetlerimde?

— Ne olacak? Aşırı dincilerin yanına gidiyormuşsun.

— Aşırı dinsizlerin yanına da gidiyordum. Fakat önemli değil. Benim okul dışı ilişkilerim hiç kimseyi ilgilendirmez efendim.

Müdür verdiğim cevaba çok şaşırmıştı.

— İnat etmeyin Ebazer Bey. Burası bir eğitim müessesesidir. Buralarda aşırı uçlara yer yoktur.

— Ama ben daha önce de aşırı bir uçtaydım.

— Ama o zaman uygarca düşünüyordun.

— Hayır. Tam anlamıyla bir İslâm dışı hayatı benimsemiştim... Namus duygusu yoktu. Utanma yoktu, nikah yoktu, din yoktu. Her şey bir boğaz ve uçkur içindi... Batıya özenmiştim. Şimdi gerçek uygarlığıma kavuştum.

Şiirin ifadesiyle.

Önceleri kara bir bakırda gibiydim.

Sonra beğenmedim dibini deldim.

İsterseniz bir başka şiir daha okuyayım.

Yeniyi buldum eskimez yep yeniyi

Şimdi kendim kaptan oldum sürdüm gemiyi.

Denizlerde engel tanımıyor yol alıyorum.

Ölsem de mühim değil şimdi inanıyorum.

Müdür çok sinirlenmişti. Kaşlarını çatarak söylenmeye devam etti.

— Bana bak sen tam bir militan olmuşsun. Bu gidişin iyi bir gidiş değil. Bak öğretmenliğine yazık edersin... Ben sana bir dost olarak öğüt veriyorum.

— Teşekkür ediyorum efendim.

O günden sonra bana bakışları değişmişti müdürümüzün.

Benim namaz kılmaya başladığımı herkes duymuştu. Beni dışlamaya başlamıştı arkadaşlarım. O zamana kadar ileri görüşlü her fikre saygılı olan arkadaşlarımın ikinci yüzünü de tanımaya başlıyordum...

Gizledikleri öteki yüzleri ne kadar karaymış meğer. Bir yırtıcı hayvan gibi üzerime geldiler. Ama ben inandığı gibi yaşayan birisi olduğum için taviz vermedim.

Bir gün kalorifer dairesinde namaz kılarken birdenbire Hatice'nin geldiğini gördüm. Benim namaz kılışımı ilk defa görmüştü. Duyuyormuş ama inanamıyormuş.

Gözleri yaş doldu... Başını öne eğerek mırıldandı:

— Allah kabul etsin hocam. Secde etmek size ne güzel yakışmış. Kitapta okuduğum bir söz var "herkes namaza başlar ama herkes devam ettiremez" üşendiği vakit bırakır. Önemli olan içinden gelmediği zaman da namazını bırakma"

Geçenlerde komşu teyzeden duydum. Dedi ki: "nice cihat edenler vardır ki müslüman oldukları halde namazlarını kılmazlar" siz onlardan olmadınız. Sizi tebrik ederim hocam.

Ağlayarak çıktı ordan. Meğer o da namaz kılmaya gelmiş. Beni görünce çok duygulanmış. Bizi orda gören bir veli, durumu müdüre şikayet etmiş.

Çok geçmeden hakkımızda dedikodu her tarafı sarmıştı. Yok Ebazer öğretmen, öğrencisini kalorifer dairesinde sıkıştırmış, zorla öğrencisinin başını örtmüş.

Bir de baktım dinsiz bir gazetede başlık olmuşum. Büyük harflerle yazılan başlık şöyle diyordu:

"AŞIRI DİNCİ ÖĞRETMEN ÖĞRENCİSİNE SALDIRDI"

Beni yıpratmak için yapılan bir tuzaktı bu. Öğrencileri aleyhimde kışkırttılar. Bazı öğrenciler de beni desteklediler. Fakat bir kaç öğrencinin beni kurtarmaya çalışması yetmemişti. Devamlı olumsuz propagandaları hiç durmadan yürütüyorlardı.

Gayeleri beni yıpratmaktı. Ama hiç aldırmadım... Beni bende gördüğü halde bana değil de beni hiç tanımayan gazetelere inanacaklarsa varsın inansınlar, dedim. Bana beni tanıyan dostlar lazımdı. Nitekim gerçek dostlarımı eleme imkanı da buldum.

Çok geçmeden Hatice'ye baskı yaptılar. Kapanan Hatice'ye fakültede kapatırsın demişler. "Şimdi bana Allah'ın emri farz değil mi?" demiş.

Çok kararlı bir kızdı, verecekleri bir diploma karşılığında benden inancımı satın almak istiyorlar. Ama onlara teslim olmayacağım diyordu.

Okulda ikimizin adını çıkarmışlardı. Hatice çok utanıyordu bu söylentilerden.

Bu durum bana kur yapan bazı genç kızları da sinirlendiriyordu. "Ebazer hoca neden öyle çirkin bir kızı beğensin ki, beğense bizi beğenirdi" diyorlardı.

Bir gün duvarın dibinde Hatice'yi sıkıştırmışlardı. Ben sınıftaydım. Duyuyordum konuşmaları. Beni elde etmek için elinden geleni yapan genç kız soruyordu Hatice'ye:

— Gerçekten aranızda aşk var mı?

Hatice yemin üstüne yemin ederek cevap verdi.

— Yok.

— Hadi hadi bir de yemin etme valla çarpılırsın.

Hatice bu konuşmalardan bile utanıyordu:

— Ne olur üzerime gelmeyin. Öyle bir şey yok. Kendiniz her erkekle gayet samimi hatta laubalice konuşur, biz ciddi de konuşsak kulp takarsınız.

— Peki neden kapandın?

– Ben açıktım ama fikren kapanmaktan yanaydım. Siz her açık gezeni örtüye karşı mı sanıyorsunuz? Onların içinde ne cevherler var.

— Eee! Sonra ne oldu? Ebazer Bey seni etkiledi mi?

Hatice yüzsüz kızlarla baş edemiyor, onları inandıramıyordu. En sonunda onu alamıyacağımın sebeplerini açıklıyordu:

— Siz böyle bir söylentiye nasıl inanıyorsunuz? Beni görmüyor musunuz ben çirkinin biriyim. Adam beni neden alsın? Sizin gibi gösterişli de değilim. Üstelik cilvem ise hiç yok.

Şımarık kızlar fırsatı bulmuşlardı:

— Yaaa çok doğru, gerçekten güzel değilsin. Hele de başını örteli hepten çirkinleştin. Tıpkı nineme döndün.

Hatice'yi etkilemiyordu bu sözler. Ama yine de insanlığın fıtratı, çirkin ithamlardan hoşlanmazdı.

Bense tam tersi Hatice'yi sevmiştim. Güzel değildi ama ne önemi vardı. Ondaki ruh güzelliği dünyaya bedeldi. Hemen yerimden fırlayıp dışarı çıktım.

Kızların yanında ona dedim ki.

— Hatice! Bunca insan ikimizi birbirimize uygun gördü ki adımızı çıkardılar. Seni Allah'ın emriyle kendime eş yapmak istiyorum. Benimle evlenir misin? Anan baban olsaydı seni onlardan isterdim, ama seni senden başkasından istemeyi düşünebileceğim kimse yok. Seni senden istiyorum" dedim.

Çok şaşırdı... Kızlar da çok şaşırdılar. Kısa zamanda nişanlandık. Mahkeme ise devam ediyordu.

Bu defa da gazeteler "hapis cezasından korktuğu için, tecavüz ettiği öğrencisine nişan yaptı" diye yazdılar.

Kimi de çok ayıpladı. Ben de şu cevabı verdim. "Öğrencisini nikah yapan, onunla evlenmeyi düşünen öğretmeni suçluyorsunuz da öğrencisini hamile bırakıp sonra da sahiplenmeyen o namussuzları neden ayıplamıyorsunuz?

Böyle devam ettik bir müddet. Sonra namusuma saldıran gazeteyi mahkemeye verdim. Köpek köpeği ısırmazdı ama... Kırk yılda bir adaletin ne olduğunu bilen hakimlere rastladığım için tazminat davasını kazandım.

Hatice yine şurda burda kalıyordu. Hemen evlenmek istedimse de Hatice pek istemedi. Ben bir Kur'ân kursuna gideyim sen de fakültede oku, evlendikten sonra ellerin eline bakmak istemiyorum" dedi. Ama Kur'ân kursunda da kıza rahat vermediler. Sen devletimize karşı geliyorsun biz anarşist istemeyiz demişler. Bana da zulmettiler. Bir yıl sonra beni örgüt lideri diye tanıttılar. Okuldan ayrıldım. Bu defa beni bırakmayan gençler sarmıştı etrafımı. Ebubekir camiinde ders vermeye başladım. Polisler beni bir gece yakalayıp götürdüler. Öyle işkence gördüm ki anlatamam.

Dışarı çıktığımda on onbeş gün kadar yere basamadım. Anacığım ayaklarımın altının şişmiş olduğunu görünce göz yaşlarını tutamadı. Her halde acemi polislerdi iz bırakmışlar.

Gizli istihbarat mensupları işkencede iz bırakmazlarmış. Ayaklarımın altı su toplamıştı. Anacığım hemen jilet vurdu ayaklarıma. Meğer öyle kalsa kangren bile yaparmış. Nerden bilebilirdim... Müslümanlar henüz işkencenin yan etkileri üzerinde uzmanlaşamamışlardı. Her gün polis tarafından takip ediliyordum. Bir tarafta bazı müslümanların eleştirisi, öte taraftan zebânilerin baskısı... Olacak gibi değildi... Bunalıyorduk. Yaptığımız bir ders çalışmasıyken, bizi çok sıktıkları için olsa gerek daha çok bileyleniyor, sayımız her geçen gün artıyordu...

Bize, demokrasi var, istediğinizi konuşun diyorlardı ama konuşturmuyorlar, konuştursalar da mutlaka sonunda bir hile yapıyorlardı.

Televizyona çıksak, kamera oyunları, gazetelerinde röportaj yapsak, makaslama oyunları, biz kendi gazetemizde yazsak ona da umulmadık başka şeyler oluyordu.

Bizim için ne demokrasi ne laiklik ne de insan hakları vardı. Hiç birisi bizim için bir saniye bile çalışmıyor, uygar ve medeniyet çığlıkları atanlar, evlerinde köpek besleyip köpekleri öpenler onları yaşatmak için ellerinden geleni yapanlar bize hiç hayat hakkı tanımıyorlardı. Düşman düşmana bir kötü isim takarken, onların çağdaş düşmanlıkları o kadar ileri gidiyordu ki, bize bir sürü kulplar takıyorlardı... Yobaz, bağnaz, fanatik müslüman, fundamentalist müslüman, köktenci müslüman, çağ dışı müslüman, gerici müslüman, takunyacı müslüman. "Bölücü müslüman" bile diyordu kimileri.

Vedat heyecanla bölmüştü konuşmayı.

— Aaa ben de merak ediyordum. Onlar kimlerdir diye, o dedikleri siz miydiniz?

— Biz onların dedikleri gibi değiliz, ama o çağdaş gericilerin iftira ettikleri kişiler biziz. O yobazlar, bir gün gelecek, bizi nasıl körü körüne yargıladıklarını anlayacaklar. Bakın bunu hepimiz göreceğiz.

— Sen yarın mortu çekeceksin Pardon bu dünyadan gideceksin. Nasıl göreceksin ki?

Ebazer Vedat'ın hakaretine aldırmıyordu. Artık onu tanımıştı.

— Sözümü kesme de bitireyim hikâyemi? Sonuçta bir de baktım etrafımda elli genç oluverdi bir anda. Bu gençler kapı kapı gezip İslâm'ı anlatıyorlardı. Ben de anlatıyordum. Hepimiz karar vermiştik... Bu milletin Amerika ve Avrupa oyunlarını bilmesi tanıması gerekiyordu, kurşun sıkmadan kaba kuvvete baş vurmadan anlatmalıydık.

Bu düzenin birçok hileleri vardır. Bunları müslümanlara bildirmeliydik. Nezaretteyken bana "Fetullah Hoca seni ihbar etti" dediler. Bu da yetmezmiş gibi güya polislere demiş ki, "O bir anarşistten farksızdır. Onu dövmek ibâdettir. Onu istediğiniz kadar dövün" demiş. Akılsız kafam, bunun bir düşman oyunu olduğunu anlayamadım.

Çıkar çıkmaz kendi taraftarlarıma söyledim. Bir ayda kardeşi kardeşe düşman etmişlerdi. Birbirimizin aleyhine atıp tutarken gavurları unutmuştuk. Öylesine birbirimize kin güdüyorduk ki, aynı kini bizi sömürenlere duyamıyorduk.

Birgün aklımı başıma aldım. Fetullah Hoca o kadar aptal biri mi ki beni ihbar etsin de sonra "sakın adımı söyleme" desin. Ve de polis beni dost bilip, güya bana iyilik yapmak için bana söylesin! Nasıl yuttum bu oyunu, o tuzağa nasıl düştüm hâlâ daha bilemiyorum.

Ben düzeldim ama taraftarlarım hâlâ daha Fetullah Hocadan nefret ediyorlar. Zavallı kardeşim. Düzenin oyununa gelen benim gibi aptal yüzünden harcanıyor. Onun gibi yüzlercesi de aynı şeyi yaptılar.

Vedat hayretle sordu:

— Neden yaptılar bunları?

— Müslümanlar birbirlerini sevmesin diye, mit elinden geleni yapıyordu.

Bunlar ve benzerini anlatacaktık halka. Tarih boyu nüfus artışına engel Firavun'lar eliyle yapılmıştır. Günümüz Firavunları aynı zihniyette ama farklı metoddaydı. Bunları söyleyecektim.

Onlar çok rahat iftira ederlerdi. Bu günkü Firavun'lar o günkü Firavun'dan daha kötüydüler. Bunları da izah edecektik.

Firavun, müslümanlardan korktuğu için doğum kontrolünü şart koşuyordu, onun da nüfus planlaması kanunları vardı.

Kadınlar bir yıl doğuracak bir yıl doğurmayacaktı. Bizimkiler ise her yıl için modern yasaklar koydular. Firavun kanununda kim yasak yılda doğurursa doğan çocuk öldürülecekti. Bizim Firavun'ların kimi; çocuğu doğmadan kimi de doğduktan sonra öldürtüyor.

Bakınız Firavun yıl aşırı yasaklarken bu Firavun'lar her yıl yasaklıyor. Siz söyleyin yalan mı bunlar?

Mûsa Aleyhisselâm'ın ana babasının çocukları varken yasak yılında doğmuştu Hazreti Mûsa.

Firavunlar korksa da, tedbir alsalar da kaderde müslümanların zaferi söz konusuydu, önüne geçemezlerdi.

Geçemediler, geçemiyecekler, geçemezler de.

Sonra Mûsa Aleyhisselâm'ın annesine ilham oldu; Hazreti Mûsa'yı tahtadan yapılan bir sandığın içine koyarak Nil nehrine atmak. Mûsa Aleyhisselmâm ağaç ve suyun içinde yaşayarak Firavun'un sarayı yakınlarına kadar geldi. Firavun'un ailesinden biri Nilden sandığı aldı ve baktı ki içinde bir çocuk var, Firavun'a yalvararak onu evlatlık aldırttı.

Sandığı takip eden Mûsa'nın (as) ablası, daha sonra saraya gitti. Mûsa Aleyhisselâm'a süt anne aranıyor ama o kimselerden süt almıyordu. Öz annesini getirdiler, annesi onu emzirerek büyüttü.

Sonra Firavun'a savaş açtı. Mûsa Aleyhisselmâm'ın adı neden Mûsa bilir misiniz? (Mû) su demektir (sa) da ağaç. O yüzden, Mûsa Aleyhisselâm'ın adının manası su ile ağaç arasında yaşayan anlamına geliyormuş, bu da israiliyat değilse!!!

Evet, o Firavun, yıl aşırı yasak ederken, bunlar iki çocuklu annenin ömür boyu bir daha doğuramayacak şekilde kordonlarını bağlatıyorlar... Senin sezeryanla doğum yapman şart diye kadının en büyük üretim mekanizmasını bağlayıp, doğurganlığını yitirmesine neden oluyorlar. Namuslu olmak suç gibi gösteriliyor, dindarlığı kötülüyorlar... Kaptı kaçtılar ortalığı sarmış. Gençlik tamamen Hıristiyan gençlik gibi olmuş. Hatta daha da kötüsü, utanmak bile ayıplanıyordu. Müslümanlar uyuyor, olup bitenleri fark edemiyorlardı. Öyle ki gençliğimiz hiç farkında olmadan dinsizleşeceklerdi. Çoğu elden gitmişti bile. İşte onun için dayanamıyorduk.

Milletin halini görünce, birbirimize söz vermiştik bu millete ölüm pahasına da olsa gerçekleri anlatacaktık. Biliyorduk bizi millete fanatik, aşırı uç, gerici gibi isimlerle tanıtacaklardı. Ama kararlıydık, milletimizi gizli gizli yok etmeye çalışan zihniyetleri tanıtacaktık... Silah lüzumsuz demiyorduk ama silahlı da değildik. Sadece İslâm'ı öğreniyor ve öğretiyorduk.

Anacığım artık beni sık sık mapus damlarında ya da nezaretlerde ziyaret ederdi. Babam devamlı bu işi bırak oğlum. Sana müslüman ol dedikse, böyle aşırıya git demedik ya diyordu. Ama anacığım daha yürekli çıktı babamdan "git oğlum İslâm'ı yaymak için durmadan çalış ama sakın kimseleri öldürme" diyordu.

Her geçen gün fuhuşu sanat yapan dergiler gazeteler zehirini saçmaya devam ediyordu.

Görüyorduk ki, bu günkü yönetimlerin yaptıkları Firavun'dan daha dehşet, daha şiddetliydi. O halde biz Firavun'u Eski Mısır'da aramak yerine bu günkü Firavun'ları tanıtmalıydık. Gerekirse onların sarayında büyüyelim. Ama onların oyunlarını insanlara söyleyelim diyorduk.

Emniyet amiri Hasan Taki bana feci takmıştı. İkide bir "sen öğrencine saldırdın şimdi de dinci mi oldun" diyordu.

Beni öğrencilerin ve halkın gözünde bir sapık göstermişlerdi. Manava gidiyordum yüzüme bile bakmıyor, arkasını dönüyordu.

Bir gün bakkala gittim orda bulunan bir hanım bana baktı. "Siz öğretmen Ebazer Bey misiniz? dedi. "Evet" dedim. Kadının yüzüme tüküreceğini zannetmiştim çünkü bir gün önce bir hanım aynı şeyi yapmıştı. "Buyrun bir şey mi diyeceksiniz" dedim. Kadın hüzünle yüzüme baktı "üzülmeyin ben sizin mâsum olduğunuza inanıyorum" dedi. Açık saçık bir hanımdı ama oyuna gelmemişti. Öğretmen emeklisiymiş.

Günlerimiz ızdırapla geçiyordu. Ama rûhen rahattık. Vicdanımız sızlamıyordu. Çünkü bu kurtlu sisteme karşı mücadele veriyorduk... Saltanat peşinde değildik. Tağuta boyun eğmiyor asla yardakçılık yapmıyorduk. Fakat onlar hiç durmadan, sonucu düşünmeden, her geçen gün bizi tahrik ediyorlardı.

Ebazer'in konuşmalarını pürdikkat dinleyen Vedat birden bire Ebazer'in konuşmasını yine böldü:

— Vah zavallı.. Sonra ne yaptı o?

Ebazer soruyu anlayamamıştı:

— Kim ne yaptı?

— Canım Hatice bacımız ne yaptı kimin evinde kaldı?

— Sen hâlâ Hatice'de misin?

— Evet ondayım. Çok üzüldüm kızcağıza. Hani o başkasının evinde surat asılsa kendisine asılıyor zannediyormuş ya. Valla çok acıdım kıza. Ciğerim parçalandı.

Vedat ağlamaya başlamıştı.

— Sen değil, onun nasıl bir duygu taşıdığını, ben bilirim.

— Canım tabi haklısın. Ama ondan daha önemli işler vardı. Mesela, bir müslümanın kendi ülkesinden kovulmak istenmesi... Ve işkence görmesi...

Vedat tekrar koğuşta ellerini ovuşturarak volta atmaya başlamıştı. Bu arada nefesiyle ellerini ısıtmayı da ihmal etmiyordu. Buz dolabı gibi koğuşta hiç kimse hayatından memnun değildi. Ama yarın ölecek birinin karşısında kendilerini mutlu görüyorlardı. Vedat hem düşünüyor hem de cevap veriyordu.

— Yok abi, şerefim çarpsın işkenceden daha büyük bir ızdıraptır Hatice bacımın çilesi. Sen de ne biçim erkeksin be abi, hemen kıysaydın bir nikah kıza güzel bir zemin hazırlasaydın.

— Dedim ya kendisi istememişti. Sonra kurstan atılıp gidecek yer bulamayınca hemen evlenmeye karar verdik. Düğünümüzü yaptık.

— Hele şükür be ağabey kızı el kapısından kurtarmışsın.

— Evet, el kapısından kurtardım ama kodes kapısına verdim. Düğün gecesi gelip Hatice'yi götürdüler.

Vedat çok üzgün bir şekilde:

— Nee! Kim götürdü? Niye götürdü? Neden bıraktın? Nasıl bıraktın be ağabey. Yazıklar olsun sana.

— Nasıl bırakmazdım. Almaya gelen devletti.

— Olsun canım, devlet Allah değil ya, rest çekerdin olup biterdi. İçli içli gülüyordu Ebazer... Ağır başlı ifadesiyle cevap verdi:

— Eğer sen devlet kadar güçlü değilsen, ya da îmânın gerektiği kadar yoksa, devletten, Allah'tan korktuğundan fazla korkarsın. Ya da güç ondaysa, her şeyini ona teslim etmek zorunda kalırsın. Sadece îmanlı olmak müslümana yetmez. Maddeten de güçlü olmalıydı.

— Vah vah demek duvağı başındaki gelini alıp götürdüler ha?.. Vah gariban bacım vah. Yıllarca elalemin kapılarında süründü sonra da mapusa gitti ha. Niye götürdüler ağabey? Ne yaptı Hatice bacım?

— Bir gençlik konferansında devlete hakaret etmiş. Onu ziyarete gittiğimde adeta sararıp solmuştu. Çok cesur, vakarlı bir kızdı Hatice. Cezaevinde, gece yarısı erkek gardiyanlar gelip koğuşu geziyor diye, yemek yememe protestosu başlatmış. Hem de tek başına. Sonra mahkûmlardan beş kişi daha katılmış o'na... Günler böylece devam etti. Aylarca... Bu arada beni de cezaevine aldılar. Ben de cezaevinde yatıyordum artık. Birgün bir de baktım mahkemede, suçsuz bulunmuş. Aylarca yıllarca içerde hapset ondan sonra suçsuzsun diye atıver olacak iş mi? Ama zalimlerde olmaz. Halbuki, önce suçu tespit edilecek, sonra hapsedilecekti. İşte böyle... Bana idam cezası verilirken onu bir görseydiniz. Esmer yüzünden adeta nur parlıyor, gözleri alev alev yanıyordu. Onca insanların içinde dehşete düşmüş ama hiç kontrolünü kaybetmeden slogan atıyordu.

— Şehid edilen her bir kişi milyonların ruhunu diriltecektir. Korkma mücahid hocam korkma. Senin yerine davaya biz bakacağız. Biz de şehid olursak onlar bakacaklar... Onlar da şehid olursa ötekiler. Sakın üzülme... Sen şerefli bir müslümansın. Âhirete de şerefli bir şekilde gideceksin. "Kahrolsun emperyalizm! Kahrolsun hainler." diyordu. Tabi her ne kadar şehid olacaksam da, yine de idam sözü beni ürpertiyordu. Fakat nişanlımın tavrı bana moral vermişti.

Bu arada ağlayan şişman adam ürkek tavırlarla sordu:

— Ay valla çok üzüldüm. Hâkimlere hiç birşeycik demediniz mi?

— Söyledim tabii. Hâkime dedim ki,

— Kır kalemi hakim bey. Nasıl olsa bir gün bunların hesabını ödeyeceksin... O gün bu yaptıklarına pişman olacaksın. Dilerim o güne gitmeden önce pişman olursun. Fakat şunu da çok iyi biliyorum ki, sen o güne inanmıyorsun. Ama çok yakında bileceksin.

Dünya bilecek gerçekleri,
Nas'ın nice bilemedikleri,
Çıkacak karşısına bir bir.
O gün, bu gün gibi değildir!
Hesap verirken gözleriniz çıkacak,
Her şeye inanacaksınız, ancak,
İş işten çoktan geçmiş olacak.
Gelin aldanmayı bırakın
Hesabı mutlaktır Hak'kın
Âhiret uzaktadır sanmayınız,
O gün hepimize çok yakın.

Bu arada salon çınladı tekbir sesleriyle. Ne kadar beni seven varsa hepsi gelmişti mahkememe. Hele bir müslüman vardı ki; bin kilometrelik yoldan gelmişti.

— Ama ne işe yarar. Ordan seni kaçırabilirlerdi. Askerleri öldürebilirlerdi. Ama yapmamış molozlar.

Ebazer başını kaldırıp Vedat'a baktı.

— Akıllı müslümanlar öyle hata yapmazlar... Zararla oturacakları işe kalkışmazlar! Ama protestolarını da kan dökmeden yaparlar.

Ve tekbir sesleri arasından çekip aldılar. Gördüğünüz gibi burdayım. Yarın sabaha karşı idam edileceğim.

Mahkûmlardan Hasan, Vedat ve Şişman adam ağlıyordu. Vedat'ın sesi duyuldu, hıçkırıklar arasından.

— Vah vah... Nasıl kıydılar, o bundan sonra ne yapacak? Nasıl mutlu olacak?

Ebazer:

— Kim ne yapacak?

— Hatice bacım. Ona çok yandım... Kavruldum adeta.

Şişman adam:

— Şimdi onun sırası mı? Adam ipe gidiyor, sen Hatice'yi düşünüyorsun. Adama ayıp olmuyor mu?

Vedat göz yaşlarını silerek bir ah çekip cevap verdi:

— El kapısı ipten kötüdür... Ölümden azdır farkı. Gururun kırılması, sana horlanır gözle bakılması nasıl bir şeydir bilir misin? Hayır siz bilemezsiniz. Onu ben bilirim ben. O evin köpeğine bile yaranmak istemek... Evin küçük çocuğunun gözüne giremedinizse "Yaa bu ev bizim evimiz" demesi öldürür adamı beyler öldürür. Hele de yağcılık yapma sanatınız yoksa hepten ezilirsiniz. Hakkınızı koruma özelliğiniz yoksa zaten bitmişsiniz anlamına gelir bu!

Hasan ve şişman adam Ebazer'e, Vedat Hatice'ye ağlıyordu. Ağlamaktan kızarmıştı gözleri. Gam keder ve acıma dolu hislerle Ebazer'e baktı.

— Neden? Neden bunca ölümü hak edenler varken seni öldürüyorlar. Neden o ölümü hak edenleri öldürmüyorlar?

— Onlar para bakımından güçlü, şu anda güçsüz olan biziz. Güçlüleri asamazlar onlar... Ama üzülme Vedat kardeşim... Bir gün biz de hem güçlü hem de adil olacağız...

— Ama sen ölmüş, bu dünyadan gitmiş olacaksın ne çare... Hatice bacımda ölene kadar senin acını duyacak... Hani normal ölüm olsa unutulurdun da böyle asılınca yüreklere imza atacak ordan hiç çıkmayacaksın... Ağlatma artık beni anla işte sen ölmüş dünyadan gitmiş olacaksın.

Ebazer şiirle cevap verdi:

Ben ölünce yok olmayacağım.
Yine gelip gezeceğim dünyamızı
Kah yürüyüp kah uçacağım,
Seyre dalacağım başarımızı.

Herkesin hayat hikayesi özetler halinde anlatılmıştı. Bu arada gecenin yarısı çoktan bitmişti. Koğuşta ağlamaklı burun çekmeler duyuluyor, suskunluk muhafaza ediliyordu.

Ebazer dua ediyordu... Bir ara Hasan'la göz göze geldiler. Hasan sadece bakıyordu Ebazer'e. Kafasında bazı planlar var gibi bir şeyler işaret ediyordu.

Anlamıyordu Ebazer... Sonra Vedat'ın gür ve kederli sesi duyuldu:

— Anam avradım olsun abi... Ben... Hatice bacıya...

Ebazer sert bir tepkiyle çıkıştı,

— O da ne demek öyle?

— Ne oldu abi be?

— Ananı avrat mı yapacaksın? Yani, en kötü ihtimalde annen karın olabilir mi?

— Hoop hop hoca. Sana ağladık diye ne o? Bize mariz mi atıyorsun? Şişlerim ha... İpe gitmeden seni ben hallederim... Tövbe tövbe... Ulan adamı günaha sokma... Biz öyle alçaklara mı benziyoruz?

— Tövbe değil tevbe. Arapçada ö harfi yoktur. Ayrıca benden hatırlatmasıdır. "Anam avradım olsun" denmez.

— Bu sözü sadece ben mi söylüyorum. Herkes kullanıyor bu sözü. Bana gelince mi aklın başına geldi?

— Biz, hatayı kimde görürsek görelim, hatayı temize çıkarmalıyız.

Bu arada elektrikler sönmüş, her taraftan silah sesleri gelmeye başlamıştı. İlk feryat sesi şişman adamdan geldi.

— Anneee! Beni kurtar... Ay valla nefesim kesilecek. Ben karanlıktan korkarım.

Bu arada tam pencerelerinin dibinden kurşun sesi gelmişti. Başka koğuştan alabildiğine isyan sesleri geliyordu.

— Kahrolsun dikta.

— Kahrolsun emperyalist sistemler.

— Caniler ülkemizi bırakın.

Yaşasın yürekli militanlar... Varolun.

— Bizi susturamayacaksınız.

— Hakkımızı alacağız.

Şişkonun fısıltı halinde sesi duyuldu:

— Abiler, beyefendiler. İşçiler buraları da mı kaplamış?

Vedat:

— Ne işçisi be? Delirdin galiba?

— Ama hakkımızı alacağız diyorlar.

— Ulan hakkı olan sadece işçiler midir? Öteki hakkı olan insanlar insan değiller mi?

Ebazer:

— Bırak Vedat kardeşim. Adam haklı... Bu ülkede sadece işçiler hakları olduklarını, ezildiklerini haykırabildiler... Hakkı yenen doktorlar, hakkı yenen hemşire ve ebeler, imam ve müezzinler, memur ve muhtarlar, kapıcı ve askerler, anneler, bebekler, babalar ve oğullar, gelinler ve damatlar, eşler ve metresler, özürlüler ve güzeller velhasıl akla gelen herkes sömürülüyor ama onların isyan sesleri, işçilerin sesleri gibi çıkamıyor...

Vedat sinirlenmişti.

— Hoca, tepemize kurşun mıhlanıyor sen hangi konulara dalıyorsun. Onların sırası mı şimdi? Tabii senin için fak etmiyor değil mi? Nasıl olsa sen öleceksin. Ama bizim henüz ölmeye niyetimiz yok.

Ebazer karanlıkta yumuşak ve güven veren sesiyle cevap verdi.

— Hiç kimse ölmeye niyet etmez. Zaten ölüm için niyet farz değildir. Alacağın nefes sayısı biterse, ister niyet et ister etme gidersin. Kurşun seslerine gelince! O sesler beni de rahatsız ediyor. Hiç sevmem kurşunu, bombayı... Ama icat etmişler bir kere. İnsanları öldürmek için icat etmişler. İnsanlar da bu ölüm icadlarını bulanlara ödül vermişler. Ölüm ve ödül. Hiç bir birlerine yakışıyorlar mı?

Allah'a îman etmeyen kişi,
Kur'ân'a geçirir hemen dişi
Namaza "burnu sürtmek" diye bakar
Bilmez ne olur sonunda işi.

Karanlıktan kurşunlar arı vızıltısı gibi sağa sola koşuyordu adeta.

Uzaktan gelen bir ses.

— Teslim olun...

Ona cevap veren öteki sesler.

— Hayır teslim olmayacağız.

Aynı sesin ikazı.

— Sonunda pişman olacaksınız. Yol yakınken bu hatanızdan vaz geçin... Teslim olun diyorum.

— Teslim olmuyoruz...

Seslerden kim kimdir bilinmiyordu.

Şişman adam:

— Aman Allah bunlar da kim? İmam efendi, beyefendi sizin taraftarlarınız mı bunlar? Söyleyin yapmasınlar, inanın çok korkuyorum. Işıklar da söndü... Gardiyan beyefendileri çağır ne olur Vedat Bey. Ben karanlıktan da korkarım.

Şimsiyah gecede buz gibi de soğuk sarmıştı koğuşu. Bir de silah sesleri ilave olunca tam bir işkence salonuna eş bir yer olmuştu.

Dakikalar geçiyor silah atışları bitmiyordu. Kimin kiminle savaştığı belli olmadığı için koğuşta bir endişe almış başını gidiyordu.

Vedat iyice çileden çıkıyor, şişman korkuyor, sarhoş mahkûm dünyadan habersiz horluyor, konuşma özürlü gençten hiç ses duyulmuyordu.

Ebazer'in sesi duyuldu bir müddet sonra:

— Kardeşler şu halimize bakın, bu hale geleceğimiz kimin aklına gelirdi. Buzdolabı gibi bir koğuş. Karanlık ve ölümün gölgesi iç içe yaşanıyor burada. İşte hayatın aslı budur. Umulmadık bir anda dünyamız değişiverir. Eller ne kadar güzel görürse görsün dünyayı, sen, senin dünyanı bilirsin. Onun için aklımızı başımıza alalım.

Ebazer korkunç silah sesleri ve soğuk koğuşu unutturmak istercesine basit konulara dikkati çekmek istiyordu. Onun için sordu:

— Acaba elektrikler neden söndü?

Vedat:

— Bir kere daha olmuştu, çıngar çıkar diye mi yoksa kurşunlar isabet etmesin diye mi ne ışıkları söndürmüşlerdi.

Silah sesleri yarım saat sonra durmuştu.

Vedat:

— Bu adamlar sizin adamlarınızdır imam. Burda sizden başka kim var ki lider olarak bulunan?

— Bu cezaevinde mafya babaları da var. Liderlerin, cezaevinden kaçırmak istiyorlardır. Benim kardeşlerim protesto yapar ama masum insanları öldürme eylemi asla yapmazlar. Onlar bilirler ki, çok taraftarları olan, proğramlı, planlı çalışan ve sadece ve sadece insanlara İslâm'ı götürmek isteyen lider asılmaz. Biz bu gün asılıyorsak azlığımızdan dolayı asılıyoruz. Kuvvetimiz devlet kadar olmadığı için asılıyoruz.

— Asker îmansızdır abi o herkesi asar.

— Asker bizim evlatlarımız değil mi ki bizi assın. Bizim evlatlarımız ama bize düşman edildiler. Hakkımızda öyle çok yalanlar uydurdular ki, o yalanların haddi hesabı yoktur. Bize düşen vazife askerine, hâkimine, zenginine, fakirine, kültürlüsüne, kültürsüzüne herkese İslâm'ı sunmalıyız. Ama öncelikle kendimizi tanıtmalıyız bu halka. Bizi düşman gösterip bize düşmanlık yapıyorlar. Bizi asla tanıyamadı milletimiz. Kendisine silah çeken düşmanlarını sevenler bize bir türlü ısınamadı.

Gözlerini kaşlarına kadar açan şişman adam sormadan edemedi:

— Sizden ne istiyordular?

— Bizim şeriatı anlatmamızı istemiyorlar.

Suratını şöylesine eğerek:

— Çok doğru... Siz de şeriattan vaz geçin. Hangi çağdayız? Ayy ben şeriatten çok korkarım.

Ebazer:

— Neden sen korkuyorsun anlayamadım.

Şişman adam:

— Şeriat el kesiyor.

— Sen hırsızlık mı yapacaksın?

— Allah korusun. Ben asla kimsenin kuruşunu çalmam.

Vedat alaylı alaylı:

— Babası onun yerine o işi toptan hallediyor. Hem de öyle kuruş muruş değil, milyarlar, imam milyarlar. Sen uyu.

Vakarlı duran yüz hatlarında gülümseme vardı Ebazer'in. Karanlık olmasına rağmen anlaşılıyordu. Sonra çok şeyler söylercesine devam etti:

— Ben uyusaydım buraya alırlar mıydı beni. İdam ederler miydi beni? Ama ben, izzet ve şerefini kaybeden müslüman olmaktansa, canımı kaybetmeye razı oldum. Allah bana şahid olarak yeter.

Vedat can sıkıntısından eğri büğrü gezinirken yine sordu:

— Abi be! Şu şeriattan el kesme işini kaldırsak ta, şu millet şeriata biraz inansa ne olur?

Ebazer yine gülümseyerek:

— Ah Vedat kardeşim ah. Sen şeriatı eşittir İslâm'ı

sevmeyenin gerçekten bir el için mi sevmiyor zannediyorsun? Onların derdi, hırsızın eli değil, İslâm'ın kendisidir. Onlar İslâm'ı sevmiyorlar. Sevmiş olsalar kendi sistemlerinde kesilen kolları görür de sistemlerinin işe yaramadığını anlarlardı.

Vedat suratını kendine has mimiklerine göre kırıştırdı sormaya devam etti:

— Anlayamadım abi... Hangi sistem kol kesiyor?

— Kendisi kesmiyor ama kestiriyor. Koca İslâm devletinde kesilen iki üç el varken, bu sistemde bilezikleri çalmak için kesilen en az binlerce kadın kolu var. Kimi de öldürüldü. Korkutucu bir kanun yoksa bazı hırsızları engellemeniz asla mümkün değildir... Hiç kimse Allah'tan daha iyi bilemez. Sen sonuca bak kardeşim... Sonuç önemli. İslâm devletinde hırsızlık için en koruyucu tedbir olan el kesme vardır, ama el kesmeye gerek kalmaz. Ama onların sisteminde hırsızı korkutacak ceza yok, fakat biraz önce de söylediğim gibi binlerce el kol kesiliyor.

Bu gün şeriat kanununa kafa kaldıranların evleri soyulsa, hırsızı öldürmek ister ve imkanı olsa öldürür de...

Kısacası, kim şeriata karşıysa, ya kasten kâfirliğinden ya da cahilliğinden karşıdır. Siz de zannedersiniz ki, bu insanlar hırsızın elini düşünüyor... Asla düşündükleri hırsızın eli değil. İslâm'a olan kin ve nefretlerinin ihyasıdır...

Vedat biraz düşündükten sonra:

— Aslında doğru söylüyorsun imam. Benim bir arkadaşım vardı şeriat gelmesin diye Allah'a yalvarır... Sebebini de şöyle açıklardı. "Şeriat gelirse, benim elimi keser" diyordu. Kendisi hırsızdı çünkü.

Ebazer Vedat'ın sözünü kesti:

— Şeriat gelirse o arkadaşını önce eğitir sonra ya iş verir ya da para yardımı yapar. Onu insan yapmak için uğraşır. Şeriat hiç kimsenin düşmanı değildir... Hıristiyan ve Yahudiler bile cizye verdikten sonra, şeriat devletinin koruması altına girerler... İslâm devletinden kimse korkmamalı. O devletin mimarı kâinatın sahibi Allah'tır. Koca kâinâtı, uçsuz bucaksız uzayı ve içindekileri bu kadar mükemmel ayarlayan Allah'ın kurduğu devlette hata aranır mı? Büyük bir zatın dediği gibi, "Güneş ay ve yıldızları bilye gibi elinde tutan Allah'a, bizi nasıl diriltecek?" diye sorulur mu?

Onun kurduğu sistem adaletle yürür mü diye sorulur mu? Dünyayı ve tüm yıldızları düzeni bozulmadan elinde tutan Allah'a, sosyal adalet düzenini dengeli yürütebilir mi diye sorulur mu?

Vücudumuzu milim milim ölçülü tayin eden, hiç bir düzeninde yanlışlık yapmayan Allah'a "şeriatta hata yaptı, onu biz düzeltelim" denir mi? Bir damla pis sudan meydana gelen insan utanmaz mı Allah'a beceriksizlik atfetmekten? Bir pirenin içinde müthiş tezgah kuran Allah'a devlet kuracak, kanun kuramaz demekten utanç duymaz mı insan?

Trilyonlarca meteor taşı Allah izin verse tepemize iniverir. Dünya büyüklüğündeki taşları, kudret eliyle tüy tutar gibi çok rahat tutan ve başımıza yağdırmayan Allah'a "bu işte hata yaptın" denir mi? Denmez. Ama "her şey görene, köre ne?" Bu kör ama görmeyen değil, kalp gözü kör olan o nankörler kör. Hep kendi eserlerini görürler. Allah'ın eserini hiç göremez onlar. Allah ile âdeta yarıştadırlar. Bilmezler ki, sonunda Allah'ın eline düşecekler. Asla Allah'tan kaçış yoktur.

Ben Allah'tan kaçmak isteyenleri labirentin içine konan fareye benzetiyorum. Fare labirentin bölümlerini gezdikçe kendisini hiç kimsenin bulamayacağını zanneder. Bilmez ki, kendisini deney için oraya koyan adam onu izlemekte, bir elini labirentin çıkışına koymaktadır.

İnkarcılar Allah'ın işine akıl erdirmek isterler. Akılları ermeyince hemen basarlar inkarı. İnkarı "çözüm" zannederler. Halbuki her inkar edişte konu daha da içinden çıkılmaz hal alır.

Vedat:

— Haklısın imam. Bu insanları korkutmak çok zor. Allah iyi yapmış. Başkasının el emeğini çalan adam bilsin ki kendi eline mal olacak o çalma.

Ebazer,

— Doğru, güzel bir konuya parmak bastın. Aslında bu ceza el emeğine saygı şeklinde de ele alınabilir. Allah celle dürüst çalışmanın ve emeğin nasıl değerli olduğu mesajını vermiş olabilir. Ama bunu anlayan kişi nerde... İşte o kişileri bulmalı ve onların îmanlı ölmelerini istemeliyiz.

Allah yarım bir şey yapmaz işinde
Ona has eserlerin işleyişinde,
Harika tablolar çıkar ortaya,
Bazısı anlar bunu ahiret girişinde.

Şişman adam:

— Ay bunları konuşmak yasak değil mi?

— Senin namusundan bahsetmek yasak olsa, sen annem namusluydu demeyecek misin?

— Tabii tabiki... Ama bilmem... Devlet baba bir şeye yasak derse...

— Sen onu her şeyde dinlemeyeceksin. Devletin kanunlarını koyanlar senin benim gibi insanlar... Allah'ın kanununu çiğneyen sen, devletin hatalı kanunlarına boyun mu eğeceksin?.

Hasan pür dikkat dinliyordu konuşmaları. Abdullah, yeni uyanmanın sarhoşluğu içinde sağa sola bakıp nara atar gibi bağırıyordu.

— Heeeet... Yeterin be... Sizi mi dinleyeceğiz. Cami mi burası kilise mi ha? Dırdırdır... Anlatın dedik, biz uyuyunca da konuş demedik ya... Ne çeneniz varmış. Aslanım sen yarın îdam olacaksın. Dışarda silah sesleri sen oturupta Allah'a dua etsene günahların için...

— Ben de aynı şeyi yapıyorum. Her şeyi onun için yapmaktır, niyetim. Silah seslerine gelince, bakın artık silah sesi yok.

— Birazdan başlarlar yine. Senin adamlarınmış.

— Benim adamlarım öyle büyük hata yapmazlar. Devlete karşı silah kullanmak için cahili cesaret lazım. Düşünen insan bilir ki, devletten güçlü olmayan devlete silah çekerse kendisine yazık eder.

Ol akıllı insan düşüne durur

Boşa oyalanmaz işine durur!

Vedat Abdullah'a sinirlenmişti.

— Sus be aslanım. Baksana adam ne güzel şeyler söylüyor. İdamını değil bizi düşünüyor işte zorla mı canım. Sen uyumak istiyorsan uyu.

Ebazẹr konuyu kapatmak istiyordu:

— Vedat kardeş! Arkadaş haklı. Aslında biz ayıp ediyoruz. Uyuyan bir insanın yanında sesli konuşmak İslâm ahlâkına aykırıdır... Hatta bu konuda âyeti kerime var. Allah celle Hazreti Peygamber'e buyuruyor ki, "teeccüde kalktığın zaman hanımını uyandırmadan yavaşça kalk" bu ölçüye bakılırsa ben çok hata ettim affediniz.

— Ama sen bu adamları adam yerine mi koydun? Bırak ağabey yahu, bu hapcılar gece gündüz uyurlar sen işine bak.

Işıklar gelmişti. Ebazer hiç konuyu değiştirmeden cevap verdi:

— Ama hapcılar da insandır bunu unutmayalım, Vedat kardeşim.

Bağıran mahkûm mahçup olmuştu.

— Kusura bakmayın asıl suç bende. Yarın ölecek birisi aklı başında konuşuyorsa benim saygıyla onu dinlemem lâzımdı. Siz devam edin.

Vedat alaylı alaylı,

— Emredersiniz, biz şimdi emri sizden aldık devam ederiz. Sen kimsin be?

Ebazer bir kavgayı önlemek istiyordu:

— Vedat kardeş, adam haklı. Sesli konuşmamız onun iznine bağlıydı.

Vedat adeta çıldırırcasına tepiniyordu:

— Nee! Ölürüm ben o zaman vallahi ölürüm. Benim delikanlılığım nerde kalır o zaman?

Ebazer:

— Haklı insanlara hakkını vermek seni küçültür mü?

Vedat'ın aklına hemen bir kurnazlık geldi. Para babası olan şişman adamı koğuşun bir ucuna çağırdı. Bir sağa bir sola yalpa yaparak zorla yürüyordu şişman adam. Koğuşun öteki ucunda konuşmaya başladılar.

Vedat:

— Bak şişko senden bir ricam var. Bu geveze adam beni çıldırtacak. Ver bir yüz papel de bunu ve sarhoşu başka bir koğuşa attıralım.

— Aaa... O nasıl olacak?

— Olur olur sen paradan haber ver. Biraz daha yavaş konuş. Bak adam yarın ölecek onu biraz dinleyelim. Çok güzel şeyler konuşuyor.

Şişman adam:

— Bu bir rüşvet olur.

Vedat sinirlenmişti.

— Boğazına gelince rüşvet olmuyor da şimdi mi rüşvet oldu?

— Fakat yasak değil mi bu? Burası cezaevi... Bu ülkede cezaevinde rüşvet olursa,

— Sus, biraz yavaş konuş. "Bu ülkenin bazı camisinde bile rüşvet var" dedi. İmamı duymadın mı? Hadi hadi uzatma, vereceksen ver.

— Gardiyan yok ki.

Vedat artık dişlerini sıkıyordu:

— Ben bulurum.

— Nasıl bulacaksın?

— Bana bak yeter artık. Bir iyilik yapacaksan yap ta adamın canını sıkma. Kocakarı iyiliği cinsinden yapma yaptığını...

— Peki buyur efendim. Zavallı genç için bu para feda olsun.

Vedat sinirlenerek parayı almış, koca demir kapıya vurmaya başlamıştı. Dadikalar geçtikten sonra gardiyan Halil gelmişti. Vedat'ın suratı birden ekşimişti.

Gardiyan,

— Buyrun ne istediniz?

Vedat, bu gardiyanı öteki cezaevinden tanıyordu. Bu rüşvet almazdı. Onun için de öteki gardiyanı istiyordu.

— Siz gidin ben öteki arkadaşınızla görüşeceğim.

— Bana söyle kardeşim ben de gardiyanım.

— Olsun, benim işim onunla döner.

— Bu bize hakaret değil mi?

— Yok be ağabey, onunla aramızda bir şey vardı da...

Gardiyan anlamıştı meseleyi.

— O arkadaşımız şu anda meşgul. İsyanın nasıl çıktığı araştırılıyor. Ya derdini bana söylersin ya da sabahı beklersin.

Bu arada rüşvetçi gardiyanın gelmekte olduğunu görmüştü Vedat.

— Hah benim adamım geldi. Siz gidebilirsiniz.

Halil gardiyan dürüsttü. Ama bazı rüşvet almayan polisler gibi, o da arkadaşlarının yanında sevilmiyor asla haklılığını ispat edemiyordu. Zalim düzende zalimler kazanıyordu(!)

Rüşvetçi gardiyan.

— Ne oldu?

Vedat bu gardiyanı aslında hiç sevmiyordu ama belli etmemeye çalışıyordu bir çok mahkûm gibi.

— Abi be! Senden bir ricam var. Bizim koğuşta bir berduş var. Bize rahat vermiyor. Onu başka koğuşa süremez misin? Bir de sarhoşu.

Gardiyan rüşvet almanın kapılarını arıyordu.

— Olur, olur da...

Şöyle bir başını kaşıdıktan sonra devam etti,

— Arkadaşı ikna etmem için biraz... anlarsın ya.

Vedat sahayı boş bulmuştu. Taşlarını arka arkaya gardiyanın tepesine indiriyordu.

— Ayıpsın abi. Ben onu düşünmez olur muyum? O arkadaşların rüşvet isterler. Onlar namussuz ve şerefsizler abi. Seni de ister istemez rüşvete alet ediyor, senin gibi namuslu adamı da kirletiyorlar.

Gardiyan daha fazla dinlemek istemiyordu Vedat'ı. Hemen onu tekrar koğuşa sokarak, tenbih etti,

— Ben araştırma yapıp ondan sonra sana haber getiririm. Sakın arkadaşlarına söyleme oldu mu?

— Tabi ayıpsın abi... Sana zarar gelmesini ister miyim ben?

On onbeş dakika sonra sarhoş ve Abdullah başka koğuşa gitmek üzere gardiyan tarafından çağrılmıştı bile.

Hiç bir şeyden haberi olmayan mahkûm sormadan edemedi.

— Ne oldu abi? Bir durum mu var?

— Başka koğuşa gidiyorsun.

— Neden abi?

— Burada çok sıkışık yatıyorsunuz.Yazık değil mi size? İnsan kıymetini bilmek lazım onun için size acıdık.

Vedat bu sözleri duyuyor mide bulantısı geçiriyordu.

— Aslanım abi, insan dediğin böyle olur. Ne merhametlisin be abi.

Gardiyan daha fazla dayanamadı.

— Neyse biz gidelim.

Ebazer hiç bir şey bilmiyordu. Vedat kapı kapandıktan sonra bağırarak söylemeden edemedi.

— Oh be kurtulduk. Yahu adam bir kaç saat sonra ölecek onu dinleyelim diyorum bize imkan vermiyor. Bende rüşvetle onu sepetlettim.

Ebazer üzülmüştü;

— Fakat yanlışlık yaptın. Daha doğrusu hata ettin. Hakkını almak isteyene zulmettin.

— Aman imam hocam sana da yaranamıyoruz yahu... Seni dinleyelim diye ona kelek attım. İnan o kadar güzel konuştun ki seni sabaha kadar dinleyeceğim. Böyle imkanı kaçırırsam Allah benden sorar. İpe giden birinin son konuşmalarını dinliyorum. Ama şunu bil ki ilk işim namaza başlıyacağım. Tevbe yahu bende unuttum gusulsüz olduğumu.

— Söylemiştim ya gusülsüz olunca dua edilir. Allah'tan Peygamber'den bahsedilir.

— Tamam şimdi anlat... Nerde kalmıştık? Hangi konudaydık abi? Baskın yapanlar yüzünden konuyu bitiremedik.

— Haklısınız. Her şey zamanında güzeldir. Anlatayım ama şu arkadaşların buradan gidişine çok üzüldüm. Adam kendi hakkını savunurken sürgün edildi. Allah seni affetsin Vedat kardeşim.

— Yine aynı konu. Sana iyilik yaptık?

— Bana iyilik yapınca, günah günahlıktan çıkar mı?

NEFES NEFESE KOĞUŞ

Koğuşta artık dört kişi vardı. Silah sesleri durmuş, ama yürek sesleri durmak bilmiyordu. Vedat yine kalkmış sağa sola dolaşırken, Ebazer'i dinlemek hoşuna gittiğinden tekrar tekrar ona anlattırmak istiyordu. Nasıl sevmişti Allah'ı, nasıl ahirete bu kadar inanıyordu Ebazer? Vedat'ı artık bunlar ilgilendiriyordu. Konuşma özürlü genç ise herhangi bir şeyler söyliyecekmiş gibi donuk gözleri ıslak, devamlı surette Ebazer'e bakıyor, bazen dua ediyor, bazen birşeyler soruyor gibi kafasını sağa sola çeviriyordu. O da sonunda kalkıp gezmekte buldu çareyi. Koğuşun içinde daracık yerde iki kişi bir aşağı bir yukarı geziyorlar. Ebazer ise onlar soru sordukça cevap veriyordu. Bu arada beklenmedik anda kapı hızla çalmaya başladı. Vedat bir an durakaldı sonra kapıya yaklaşarak kim o?diye sordu. Gardiyandı gelen.

— Benim dedi.

— Peki ne istiyorsunuz?

Gardiyan:

— İçerde kim var, kaç kişisiniz. Saymaya geldim.

— Biz bu kadarız başkasını mı getirmek istiyorsunuz? Artık burada hiç yer yok, kusura bakmayın buraya kimse girmemeli sizden bunu rica ediyoruz. Yarın istediğiniz kadar insan doldurun.

Gardiyan sayımı yapıp gitmişti. Vedat soğuktan uyuşmuş ellerini oğuştura oğuştura Ebazer'in yanına yaklaştı.

— Söyler misin sen Allah'ı nasıl sevdin? Nasıl bu kadar sevdin? O kadar ilginç ki Allah'ı sevişin, O'nun için her şeyi göze almışsın sen. Bir insan görmediği Allah'a nasıl aşık oluyor, onu nasıl bu kadar sever bir türlü aklım almıyor. O'na rağmen ben de sevmek istiyorum. Ben de O'nun için canımı verecek derecede müslüman olmak istiyorum. O'nun için anlatır mısın? Nasıl olsa biz bu akşam uykuyu astık. Bu gece uyku yok bize. Mademki sen ölümü de düşünmüyorsun, o halde öbür dünyaya gitmeden önce biraz anlatta belki günün birinde işe yarar anlattıkların. Zaten kendi kendime çok düşünüyordum. Aslanım dedim be sen ne biçim adamsın? Müslümanım dersin müslümanlıkla alâkan yok; içersin, gezersin, çalarsın, çarparsın. Kendi kendime çok zamanlar hatırlıyorum böyle düşündüğümü. Ya bizim adımız niye müslüman? Ne özelliğimiz var ki diyordum. Şimdi şimdi anlamaya başlıyorum ki senin konuşmalarından sonra bilhassa biz sadece konuşma dilinde müslümanız. Onun haricinde hiç müslümanlıkla alâkamız yok. Anlatırsan daha güzel anlar belki bundan sonra, daha önce de söylediğim gibi iyi bir müslüman olurum. Eğitim görseydim, inanıyorum ki iyi bir insan olacaktım, fakat sokakta büyüdüm be ağabey. İmam be, benim anam gibi bir anan olsaydı inan ki sen de benim gibi olurdun. Anam zevkini düşündüğü kadar evladını düşünseydi, anam babama azıcık benzeseydi inan ben burda olmazdım. Şimdi bir işimin başında oturmuş işimi yapıyor olurdum, ya da herhangi bir yerde memur olurdum, doktor olurdum ama bir ana çocuğunu değil de erkeklerin dikkatini çekmek için saatlerini harcıyor, çocuğuna bir saat harcamıyorsa tabiki o ananın evladı böyle olacaktı. Onun için beni ayıplama be imam.

Ebazer gülümseyerek kafasını kaldırıp derin derin Vedat'a baktı. Ondan sonra bir derin nefes alıp konuştu:

— Sen ne diyorsun kardeşim. Benim seni ayıplamaya ne hakkım olabilir? Keşke herkes senin şu düşündüğünü düşünebilse, keşke herkes senin görebildiğini görebilse. Böyle şeyler ayıptır. En kötü insana bile söylenmez. Bizim inancımızda gayri meşru çocuklar suçlu değildirler. Kaldı ki sen gayri meşru bile değilsin. Sonra en kötü insan bile Allah'ı eğer severse bir anda çok iyi olabilir.

Vedat şaşırmıştı buna.

— Ne! En kötü insan da mı olsa dedin?

— Evet ya en kötü insan bile olsa o insan Allah'ı sevince düzelir. Kişi tevbe ederse bir anda günahları af olur.

— Ee nasıl olur ağabey? Hani derler ağaç yaşken eğilir.

— Evet ağaç yaşken eğilir. Bu doğru ama demir de tavında dövülür demişler. Hangi şekilde olursa olsun hiç kimsenin bükemiyeceği bir demir düşünün o demiri bir anda herhangi bir ateşte kızdırdığın zaman, kızdırdıktan sonra senin istediğin şekli aniden verirsin ona. İnsan da öyledir. Birden Allah'ı sevmeye görsün, sevdiği zaman onun için sevgilisinden, yarinden, yaranından, parasından-pulundan, kumarından, içkisinden, zinasından, hırsızlığından, kaptı-kaçtılığından ve gaspçılığından herşeyinden vazgeçebilir. Mesele Allah'ı sevme meselesi, Allah'a îman meselesidir. Bak Allah'a îman deyince aklıma geldi, biliyor musun öyle insanlar vardır ki bazı kitapların birer kelimesi ile iman ederler. Şu çantamda kitaplar vardı. Ordan sana örnekler vereyim. İdamlık insana çanta vermekle, özgürlük verdik sanıyorlar. Bu konuda bir kitap yaprağı olacaktı. Sana ondan okuyayım çok ilginç gelmişti bana. O'nun için bazen önemli şeyleri saklıyorum. İşte bu bir sayfa, hayır iki sayfalık yazı. Bu yazı "Allah ve Kâinat" isimli kitaptan alınmıştır. Dr. Muhammed Cemaleddin Fendi yazmış.

Bu kitabın iki sahifesinden dolayı bir doktor müslüman oldu. Bu doktor şöyle söylemişti.

"— Kitabı okudum, okudum sonra 193'cü sahifesine geldim. O sahifede yıldızların büyüklüğünü ve ilginç düzenini okuduktan sonra kendi kendime birden bire düşünmeye başladım. Bu kadar yıldızları düzenliyen bu kadar büyüklükte yaratan Allah'a güç gelecek bir şey varmıdır? Ve Allah gerçekten çok ilginç ve Allah gerçekten bilinç ötesinde beynimizin alamayacağı kadar yüce bir varlık. Onunla yarışılmaz, ona savaş açılmaz, bunu bildim, inandım ve iman ettim." demektedir.

İsterseniz bu sayfayı size de okumak istiyorum. Anlayabildiğiniz kadarı kârdır. İnsan yıldızları görüyor, güneşi görüyor ama düşünemiyor. Herhangi bir şey olursa onların büyüklüğünü hatırlatacak kişi Allah'a daha yakın olabiliyor. Onun için sizi böyle düşünmeye davet ediyorum. Baktığınız şeyi düşünen akıllı insan gözüyle bakmayı bilmek gerekiyor. Hepimiz için geçerli bu. Ben artık bir şey göreceğimi sanmıyorum. Yarın öbür âlemde olacağım, ama sizler, sizler ne zaman bu âlemden gidersiniz belli değil, onun için Allah'ın yarattığı her şeye düşünerek bakın. Kocaman deveye ve minicik pireye Allah aynı özellikleri vermiş, ikisi de acıkırlar, ikisi de karınlarını doyururlar, ikisi de nefes alırlar, ikisi de nefes verirler, ikisi de dişi erkek özelliklerine sahiptir. İkisi de bu dünya şartlarında yaşama özellikleri taşırlar, ikisinin de midesi ikisinde bağırsakları vardır. İkisinin de bir çok özellikleri vardır, ayakları vardır. Bu anda sayamıyacağım birbirine yakın uzuvları vardır. İşte Allah burada, mecaz anlamda bize diyor ki:

"Ey kulum, bak koca deveye sonra bir de bak pireye. Bunları ben yarattım. Küçücük yıldızdan dünyadan defalarca daha büyük yıldızları da ben yarattım. Bu kainat düzenini ben kurdum. Hayatı ölümü ben yarattım. Ama size cüz'i bir irade verdim, düşünün beni bir, şevhetiniz için, paranız pulunuz için, beni bir başkaları için, terk etmeyin, dönüp dolaşacağınız yer banadır" diyor gibi geliyor bana.

Vedat birden bire şöyle bir döndükten sonra sordu:

— Ağabey şu doktorun dönüşüne sebep olan sahifeyi bana okur musun? İlgimi çekti, nedir yani ne düşünmüş olabilir ki bu iki sahife içinde?

Ebazer kitabın sahifesini çıkartıp okumaya başladı:

1- Acenteure: 0, 27 kadirden parlaklığa sahip olup 4, 3 ışık yılı uzaklığındadır. Güneş büyüklüğünde olup parlaklığı güneşin iki mislidir.

2- Altair: 0, 80 kadirde olup 16,5 ışık yılı mesafededir, büyüklüğü güneşimizin 1,5 katı, parlaklığı ise 11 katıdır.

3- Sirius: 1, 43 kadirden olup uzaklığı 23 ışık yılıdır, büyüklüğü güneşin iki misli, parlaklığı ise 23 mislidir.

4- Procyon: 0, 37 kadirden olup 8, 7 ışık yılı mesafededir. Büyüklüğü güneşin 2 katı olup parlaklığı 7 mislidir.

5- Fonalhaut: Parlaklığı 1, 16 kadirden olup 11, 3 ışık yılı mesafededir, büyüklüğü güneşin 2 katı olup, parlaklığı güneşten 11 defa daha fazladır.

6- Wega: 0, 04 parlaklığında olup 26, 5 ışık yılı mesafededir, güneşimizden 3,2 kere daha büyük olan bu yıldız 55 güneş parlaklığındadır.

7- Spica: Kadri 1, 00 olup 220 ışık yılı mesafededir, güneşimizden 7 kat büyük olan bu yıldız 1700 defa güneşten daha parlaktır.

8- Achernar: 0, 53 kadirden parlaklığa sahip olup 120 ışık yılı mesafededir. Güneşten 8 kat büyük olan bu yıldız 700 defa daha parlaklıktadır.

9- Alfa Crucis: 0, 87 parlaklıkta olup 370 ışık yılı mesafededir, güneşten 8 defa daha büyük olup 4900 defa daha parlaktır.

10- Beta Crucis: 1, 31 kadirden olup 490 yılı mesafededir güneşten 8 kat daha büyük olup 5800 defa daha parlaktır.

11- Bu canteura: 0, 66 kadirden bir yıldız olup 490 ışık yılı mesafededir, güneşten 10 defa daha büyük ve 10.000 defa daha parlaktır.

12- Polluks: 1, 16 kadirden olup 30 ışık yılı mesafededir. Güneşten 16 defa büyük ve 33 defa daha parlaktır.

13- Cepalla: 0, 09 kadirden olup 50 ışık yılı mesafededir. Güneşten 16 defa daha büyük 145 defa daha parlaktır.

14- Deneb: 1, 26 kadirden olup, 1500 ışık yılı mesafededir, Güneşten 22 defa daha büyük ve 57.000 defa daha parlaktır.

15- Acturus: 0, 06 kadirden olup 38 ışık yılı mesafede,

güneşten 24 kat daha büyük olup 110 güneş parlaklığındadır.

16- Canopus: 0, 73 kadirden olup, 100 ışık yılı mesafededir. Güneşten 30 defa daha büyük olup 1400 defa daha parlaktır.

17- Aldeberal: 0,85 kadirden olup 55 ışık yılı mesafededir, güneşten 55 kat daha büyük olup 160 defa daha parlaktır.

18- Riğel: 0, 15 kadirden olup 900 ışık yılı mesafededir, Güneşten 40 kat daha büyük ve 57.000 defa daha parlaktır.

19- Anteres: 0, 98 kadirden olup 520 ışık yılı mesafededir, Güneşten 220 kata daha büyük 9000 defa daha parlaktır.

20- Betelgause: 0.4 kadirden olup 520 ışık yılı mesafededir, güneşten 92 defa daha fazla olup 14.000 defa daha parlaktır.

Öteki takım yıldızların adları da şöyledir...

Ebazer bitirmişti sahifeyi. Vedat hayretle,

— Yahu gerçekten çok haklısınız. Ortaokulu dışardan vermek için çalıştım cezaevinde, Fen dersinde ilgimi çeken çok enteresan olaylar olmuştu. Bir de tabiatın kendisini incelerse, insan dediğiniz gibi imam, dediğiniz gibi hocam. Hakikaten Allah var be hocam. Var buna inanmamak gerçekten çok ayıp olur da, ne bileyim işte dedim ya ben sokakta büyümüş bir çocuğum. Anası kendisiyle ilgilenmemiş bir çocuğum, babası yetiştirmemiş bir çocuğum. Elbette ki benim gibiler böyle olacaktır.

Bu arada şişman mahkûm ağlıyordu. Ebazer'in gözü şişman mahkûma takılmıştı.

— Ne oldu kardeşim, sizi duygulandıran ne oldu?

Şişman mahkûm Vedat'ın konuşmalarından duygulanmıştı.

— Ne olsun. Baksanıza Vedat kardeş ne kadar üzgün konuşuyor. Annesi kendisi ile ilgilenmemiş, sokakta büyümüş. Ee ben sokakta büyümedim de ne oldu? Bak ben de bilmiyorum. Şu söylediklerini gerçekten hiç düşünmedim. Yıldızlara defalarca baktığımı hatırlıyorum.

— Evet maalesef öyle. Hepsine mecburuz insanız bakıyoruz. Ama ben de düşünmedim ilk zamanlar. Gerçekten Allah'ın varlığını insanlar neden düşünmez bilemiyorum. Onun için üzülme Vedat kardeş, anası babası olanlar da düşünmüyorlar.

Şişman adam konuştu.

— Ooo bizim arkadaşlar, sosyetedeki arkadaşlar bir tanesinin bile hiç Allah'ı düşünmediğinden eminim. Belki çocukken düşünmüşlerdir ama şimdi zamanları bile yok. Metresler, eğlenceler, kulüpler hiç Allah'a sıra geldiğini sanmıyorum onlardan. Anneleri babaları var ama bak onlar da Allah'tan uzaktalar. Hatta namaz kılanı ayıplıyorlar.

Ebazer cevap verdi.

— Bu işin analıkla babalıkla hem ilgisi var hem ilgisi yok. Çünkü öyle insanlar vardır dediğiniz gibi, annesi babası vardır ama Allah ile din ile hiç ilgilenmemişlerdir.

Vedat, sormadan edemedi:

— Ya imam be! Bu büyük adamlar niye Allah'a inanmıyorlar? Mesela bilim adamları, profesörler, filozoflar, insanın hani kafası takılıyor biliyor musun? İnsan ister istemez diyor ki "Allah olsa diyor bu zeki adamlar inanırdı diyor. Ben hemen hemen bütün arkadaşlarımın böyle dediğini biliyorum..Sen buna ne diyeceksin? Adam bak tarihe geçmiş, tarih kitaplarında okuyoruz, söylüyorlar, anlatıyorlar ama hiç onların Allah'a inanışlarından bahsedilmiyor. Televizyon be ağabey televizyon görüyorsun bizim öbür cezaevinde vardı televizyon mahkûmlar oyalansınlar fazla böyle devlet işlerinden sudan sabundan bahsetmesinler diye televizyonu getirdiler karşımıza koydular. Neyse sağ olsunlar gene de işimize yarıyor tabi ama, kitap okuyamıyoruz be ağabey o zaman, Allah'a da pek zaman kalmıyor hani. Hepsini televizyon silip süpürüp götürüyor.

Ebazer:

— Doğru, Televizyon yalnız cezaevindekilerinin zamanlarını almıyor. Yalnız onların zamanlarını öldürmüyor. Bütün evlerde olan hatta iş yerlerinde, otellerde hatta bazen otobüslerdeki yolcuların zamanını her yeri malesef bir deccal misali, bir deccal gibi işgal eden televizyon, filmleri düzelmediği sürece insanların büyük helâkine sebep olacaktır. **filozoflar** inanmıyor sözüne gelince; bak istersen sıkılmazsan eğer sana anlatayım kimler neler düşünmüşler. İstersen gel şu kitaptan okuyalım.

Eski Yunan filozoflarından bir çoğu bir tek Allah'ın varlığını kabul etmişlerdir.[1] Milattan takriben 15 asır evvel gelmiş olan Jobe, şu şekilde dua eder: Yarabbi, bana şekil veren sensin. Bana et ve deri getirdin, beni sinir ve kemiklerle sağlamlaştırdın, bana hayat verdin. Bütün mevcudâtı yaratanın sen olduğunu kim inkâr edebilir?

Yunan filozoflarından Pythogore (M. E. 600)'a göre: Kâinatta yalnız bir vardır. Bir, nâmütenâhi mükemmel

(1) Allah vardır Dr. Halim Birsel (Yağmur Yayınları)

ve ebedîdir. Bir'in mükemmel oluşu, tek oluşundandır. Bu sebepten dolayı her tek, çiftten mükemmeldir. Zira her çift bire muhtaçtır. Vahide teşkil edecek hiçbir cüz mevcut olmadığından, bir kendi kendisinin hâlikidir. Demek suretiyle riyazi olarak Allah'ın varlığını ispat etmek ister.

Muddha (M.E.571) Allah'a inanmış bir Hint filozofudur. O'na göre, Allah'dan olan tek bir zerre kâinatı vücuda getirmeğe kâfidir. Bu itibarla kâinat, Hâlikin fışkırmasından ibarettir. Hâlik, ya halk ettiği şeyde mündemiçtir veya eserinin haricindedir. Hâlik, su, toprak, hava, ateş v.s. gibi şeylere inkılâp edebilir. Halbuki bunların hepsi aynıdır. Hepsinin aslı ilâhidir. Zira ilk sebep ulûhiyyettir. Tutuşmuş bir ateşten fışkıran kıvılcımlar ateşe benzer. Bidayettü vücutsuz bir varlık vardı kendisinden hikmet doğdu. Yaradılmış olan her şey helâke mahkûmdur. Doğum kânununa tâbi olan, ölüm kânununa da tabidir. Bu bir tekâmüldür. Her mevcudun yok olması ebedî saadettir.

Dünya elem yeridir. Doğuş elemli, yaşayış ve hayat mücadelesi elemli, ihtiyarlık ve ölüm de elemlidir. Binaenaleyh, bu elemli dünyada insanlar birbirleriyle iyi geçinmelidir. Hakiki bir insan, düşkünlere ve felâkete uğrayanlara yardım etmelidir. İnsan hayatın elemlerinden ancak, insanlara, hayvanlara ve nebatlara yapacağı iyilik ve şefkat sayesinde kurtulur. Benim mezhebim, sevgi, yardım ve şefkat yoludur, derdi.

Konfüçyüs (M.E. 551) Allah'a inanmış bir Çin filozofudur. Konfüçyüs bir ahlak mektebi kurmuş ve orada senelerce ders okutmuştur. Ölümünden yüzlerce sene sonra, vazetmiş olduğu ahlâk kaideleri bir din sadakatiyle Çinliler tarafından benimsenmiştir. Ona göre: Dünya nasıl ve kim tarafından yaratılmıştır? Bunun ehemmiyeti yoktur.

Mühim olan dünya nizamına uymaktır. Hüner, kabahatleri örtmek değil, suç işlememektir. Her insan anne ve babasına hürmet etmeğe mecburdur. Hükümdarlar, milletin babası olduğu için, onlara da hürmet edilmelidir. Hükümdarlar da Tanrı'nın rızasına göre memleketi idare etmelidirler. İdare eden dürüst olursa, kanunlar koymadan da idare edilebilir. Halkın sesi Tanrı'nın sesidir, derdi. Konfüçyüs'ün koyduğu bu düsturlar, Çin devlet ve milletinin teşekkülüne âmil olmuştur.

Tebâbetin kurucusu sayılan Hypocrate (M.E. 460)'a göre: Allah vardır. Hastaların şifa bulması, Allah'ın kudret ve lütfu ile olur. Hekim ve ilâç birer sebeptir, derdi.

Xenophane (M.E.430), vahdaniyet nazariyesini ilk defa ortaya atan bir filozoftur. Ona göre: Maddî âlem bu şekil ve hareketi kazanabilmek için bir fail ister. Bu fail, iradeli ve muhtar olmalıdır. Bu takdirde, hilkatın haricinde büyük bir mabuda ihtiyaç vardır. Fakat hilkatın harici neresidir? Zihin böyle bir yer aramakla, mabudun ilâhî şanına lâyık olmayan bir mekân tasavvur etmek zaruretinde kalır. Hâlik ise, mekândan münezzeh olmalıdır. Her yerde hâzır ve nâzır olmalıdır. Aksi halde kibriya sıfatının mânası kalmaz. Öyle ise Allah, birdir. Aksi olsa, Allah'ın sıfatına halel gelirdi.

Birden bire kitabı okumaktan vazgeçti Ebazer.

Vedat;

— Neden vazgeçtin imam. Dinliyorduk işte.

— Bunlar size göre biraz ağırmış şimdi anladım bunu. Onun için vazgeçtim.

Vedat bu sözü hazmedememişti.

— Olur mu be imam. Şurda güzel güzel dinliyoruz.

Sen de bizi cahil yaptın ha. Ben böyleyim ama anlarım imam.

— Fakat konu çok uzun. En az yarım saatimizi alır. Bu kadar zaman dayanabilir misin?

— Dayanırım. İmtihanda ben birinci geldim.

— Hayır dayanamazsın biraz ağır gelir.

Vedat yine sinirlenmişti:

— Sen de bizi adam yerine koymuyorsun ha. Ama bize de çaktırmıyorsun. Anlarız diyoruz işte. İstersen anlatayım aklımda kalanları.

Filozofların biri diyor ki; "Kainatta yalnız bir vardır. Zira çift olanlar bire muhtaçtır." İkincisi de diyor ki; "Allah'tan olan bir küçük zerre bile kâinatı yaratmaya kâdirdir.." Konfüçyüs'de diyor ki; "Dünya nasıl ve kim tarafından yaratılmıştır? Bunun önemi yoktur. Mühim olan dünya nizâmına uymaktır." Bir başkası da; "Allah vardır" diyor.

— Tebrik ederim. Hâfızan çok güzelmiş. O halde bende okumaya devam ediyorum. Sıkılırsan karışmam.

Sokrat (M. E. 469-399) der ki: Âlemde hilkat dediğimiz değişen bir eser ile tabiatın haricinde olmayan bir fâil vardır. Bu fâil Allah'dır. Allah her şeyi hayır için yaratmıştır. Âlemdeki bu değişiklik, bir gaye ve kemâle ermek içindir.

Eflâtun (M. E. 428-347) der ki: Allah'ın mevcûdiyetini birkaç şekilde ispat edebiliriz; Hilkat mütemadiyen değişmektedir. Bu değişmeler kendi kendine olmaz. Her hâdiseyi vukua getiren bir illet vardır. Bu olsa olsa ruhtur. Demek ki, Allah, yarattığı maddi âlemi hareket ettirebilmek için ruhu yarattı. Kendisi de Küllî bir ruhtur.

Bu âlemin mevcut olması, Allah'ın mevcudiyetine kâfi bir delil olduğu gibi, insan vücudu ve şekli de ilâhî aklın büyüklüğüne ve varlığına bir başka delildir. Üçüncü olarak her hareketin ve her işin gayesi olan mükemmelliyet de Allah'ın varlığına delâlet eder. Dördüncü olarak insan mevcut olmayan bir şeyi hissetmez. Madem ki, akîl bir ruhun mevcudiyetini kabul ediyoruz, işte o Allah'dır.

Aristo (M. E. 384-322) der ki: Hareket eden bir alem ve o âlemi hareket ettiren fakat kendisi hareket etmiyen bir varlık vardır ki; o Allah'tır. Varlık mükemmele erişmek için daima değişmektedir.

İskenderiye mektebinden Plotin'e (M.E. 270-205) göre; Allah hatırımıza, şuurumuza ve dilimize gelen şeylerin hiçbirine benzemez. Allah her şeyden münezzeh, tarifi imkânsız bir varlıktır. Allah öyle bir varlıktır ki, kâinat kendisinden, bir lâmbadan fışkıran ziyâ gibi fışkırmıştır. Allah, öyle bir varlıktır ki, kâniat kendisinden, bir sedâ gibi zuhur etmiştir. Nasıl ziyâ başka, ziyâyı veren başka ise, nasıl sed â başka ve sedâyı veren can başka ise, yaradılmış olan mevcudat da Allah'dan başkadır. Ziya ve ses bâki değildir, fakat onları vücûda getiren Allah bâki ve ezeldir.

Allah âlemin ruhudur ve kainatın menbaıdır. Kâinat, güneşten çıkan ziya gibi Allah'dan çıkmıştır. Allah, kâinatı yarattı, fakat hilkat, ne Allah'ın gayri ve ne de aynidir. Âlemi yaratmasının sebebi aşktır. Allah, güzellerin güzelidir. Güzellik işiyse aşksız olmaz. Öyle ise Allah, kendisinin hem âşıkı ve hem de mâşukudur. Allah, kâinatı yaratmadan önce kendisinden aşağı bir kuvvet olan ruhu yarattı. Hülâsa, Allah vardır, fakat tarifi imkânsızdır, der.

Ciceron'a (M. E. 104-43) göre: Allah fikrî, fıtrî, olarak insanlarda mevcuttur. Bütün iptidaî kavimlerin Allah hakkında kendilerine mahsus bir fikirleri var idi. Doğmatik olarak Allah fikrinin insan ruhunda mevcut oluşu, Allah'ın varlığına kâfi bir delil sayılmalıdır. Çünkü Allah fikrini fıtri olarak insan ruhuna yerleştiren bizzat Allah'tır. Bazıları kâinatı bir tesadüfün hasıl ettiğini söyler. Bu asla mümkün değildir. Ben tesadüfün değil kainatı, en küçük bir böceği bile vücûda getiremiyeceğine kâniyim. Eğer tesadüf, kâinatı teşkil eden zerrelere mâlik ise, neden bu gün şehirleri, evleri vücûda getirmiyor?

Sene ue (M. S. 2-66) der ki: Allah vardır ve kâinatın sahibidir. Ahiret de vardır. Hayat bir imtihandır. Her şey Allah'ın takdirine göre cereyan eder.

Marc Orel (M. S. 121-180) der ki: Allah vardır, ceset fani, ruh ise ebedidir. Ahiret, dünya nizamını temin için, ahlakî müeyyide mahiyetindedir.

Bacon (1560-1626) der ki: Az ilim bizi Allah'dan uzaklaştırır. Çok ilim ise Allah'a yaklaştırır. Felsefî bir mevzu olarak Allah'a inanmak ile iktifa etmeli, Allah'ın ne olduğunun takdirini de ilâhiyata terketmelidir. İnsan, hayvanlıktan uzaklaşmak için manevî bir istinatgâha muhtaçtır.

İnsan ulûhiyet ile münasebet kurarsa yükselir ve asalet kazanır.

Bu arada Vedat sıkılmaya başlamıştı bile. Ama gurur yaptığı için bir şey söylemiyordu. Ebazer anlamıştı fakat anlamamazlıktan gelerek okumaya devam ediyordu.

Locke (1605-1705) der ki: Allah'ın varlığını hislerimiz ile anlarız. Allah'ı inkar edenler bile Allah'ın varlığını hissederler. Âlemdeki nâmütenâhi bulutlar, Allah'ın sonsuzluğunu gösterir. Dinin gâyesi ahlâktır. Ahlâk ise başkalarının saadetini istemektir.

Descartes (1596-1650) ise: Allah meselesi ile uğraşan filozofların başında gelir. Allah'ın varlığına kuvvetle inanmıştır. Allah'ın varlığına herkesi inandırmak için çok uğraşmıştır. Traite'de L'homme, ismindeki eserinde Allah'dan şüphe eden bütün filozofların fikirlerini çürütmüştür. Decsartes'e göre: Allah bir cevherdir. Kendi kendine mevcut olabilen, vücûdu için başka bir şeye ihtiyacı olmayan bir cevherdir. Her ne kadar madde ve ruh da birer cevher iseler de bunlar, nâmütenâhi olan Allah cevherine tâbidirler. Allah illet ve gâyesi kendinden olan cevherdir. Nâmütenâhi bir varlık olması dolayısiyle de bitmez tükenmez bir kuvvete mâliktir. Ben mahdût ve mütenâhi bir mahlükum. Nâmütenâhi ve mükemmel bir varlık olan Allah'ı ve hatta Allah fikrini icat edemem. Madem ki, düşünüyorum, demek bir şey biliyorum. Bana bu düşünce ve bu bilgiyi mükemmel bir varlığın vermiş olması icabeder. Var olmayan bir mevcut tasavvur edilemez. **Madem ki, düşünüyorum, öyle ise varım.** Benim varlığım. Allah'ın varlığına delildir. Bundan dolayı Allah'ın varlığı, bir hakikatı ifade eden geometrik bir isbattan daha hakikidir.

Eğer hâlâ Cenab-ı Hakkın mevcûdiyetine kanaat hasıl etmemiş insanlar varsa, onlar bilsinler ki; bir insanın bir vücuda mâlik olması, arzın ve yıldızların mevcûdiyetinden daha hakikidir. Bir bedene sahip oluşumuz ise, en azından Allah'ın mevcudiyetini ispat eder. Beni bugün muhafaza eden kim ise, halk eden de odur. Benim varlığım için ne anne ve babama ve ne başka bir illete istinat edemem. Ben etrafımda gördüğüm eşyanın mevcûdiyetinden şüphe edebilirim, fakat Allah'ın mecûdiyetinden asla şüphe edemem. İlmimiz de bizi Allah'ın mevcûdiyetine götürür. Zira Allah'ı tasdik etmemiş bir mühendis düşünülemez, der.

Malebranche (1638-1715) der ki: Bizi ve kâinatı yaratan ve yaşatan Allah'dır. Bizi ve maddeyi sevk ve idâre eden de yine Allah'dır. Nâmütenâhiyi hiçbir mütenâhi temsil edemez. Binaenaleyh Allah'ın varlığını anlamak için O'nu tasavvur etmek kâfidir.

Spinoza (1632-1677) der ki: Kâinatta Allah'ın haricinde hiçbir şey mevcut değildir. Hiçbir hadise Allah'ın haricinde cereyan edemez. Allah'ın yaratmış olduğu kâinat kendisinde, kendi de eserindedir. Bir ezelî hakikat vardır ki, mevcudat yok iken de, O, vardı. Meselâ, bir üçgenin açıları yekûnu iki dik açıya eşittir. Bu hakikatı anlamak için bunu ispat etmek şart değildir. Biz ispat edemesek bile yeni bir üçgenin açıları yekûnu, 180 derecedir. Bunun gibi Allah'ın varlığını ispat edemesek bile, aklımız ve zihnimiz bunu ispata kâfi gelmese bile, Allah yine de vardır.

Leibnitz (1645-1m716) göre, kâinatın cevheri monadlar da saklıdır. Bizim kâinatta gördüğümüz ve hissettiğimiz şeyler, bir tek cevherin tahavvül etmesinden ibarettir. Öyle ise kâinatta bir yaratılan kuvvet bir de yaratan vardır. Yaratıcı ilk kuvveti yaratmıştır. Bu kuvvet maddenin içindedir. Kendisinde bir kuvvet saklı bulunan cevhere Monad diyoruz. Hilkat bu sayede daimî bir tekevvün halindedir. Kâinattaki değişiklik daima kemâle doğru olur. Monadlar, mevcudatın iptidâî unsurlarıdır. Monadlar canlı ve aynı zamanda ruhtur. Allah monadları yaratmadan önce, hepsinin ileride mazhar olanakları tecellileri de hesap ve takdir etmiştir. Hülâsâ, kâinatta gördüğümüz her şey, bir tek cevherin modifikasyonundan ibarettir. Mevcut olan şey harekettir. Onu tahrik eden de ilk kuvvettir. Etrafımızda madde şeklinde gördüğümüz şeyler kuvvetin hususî şekillerinden ibarettir... Kuvvet ise Monadlarda saklıdır. Monad, mevcudatın iptidâî unsurlarıdır. Ölüm bir değişmeden ibarettir. Ölmek demek, başka bir hayatta doğmak demektir. Zira ruhu teşkil eden monad bâkidir. Allah, monadların haricinde değildir. Belli monadlar onunla yaşar, onunla hareket eder ve onunla mevcut olurlar. Allah'ın varlığına mâni hiçbirşey mevcut değildir. Allah maddenin ilk sebebidir. Kâinatın varlığı Allah'ın varlığına delildir. Öyle ise Allah her an hâzır ve nâzırdır. Hem yaratıcı ve hem öldürücüdür, der.

Berklay (1685-1753) der ki: Allah nedir? Sorusu ile uğraşmak doğru değildir. Çünkü bunun cevabını veremeyiz. fakat Allah var mıdır? diye sorabiliriz. Evet Allah vardır.

Voltaire (1694-1778) şöyle der: Ey meteryalistler, içi tuz dolu bir fıçı alınız, onu kuvvetle çalkalayınız, ondan sonra hasıl olacak tabloları, hayvanları ve dünyaları seyrediniz! Ey inanmıyan mütefekkirler, siz yolunuzu şaşırdınız, cemiyet Allah'sız yaşayamaz. Allah sana kendini idare et diye akıl vermiştir, yoksa yarattığı eşyanın esasına nüfuz etmen için değil. Allah yoksa yaratılmalıdır. Zira Allah'sız cemiyet yaşayamaz!

J. J. Rousso (1712-1778) der ki: Allah'ı akıl yolu ile bulamazsan his yolu ile bulabilirsin. Ruhunu daima Allah'ın mevcut olmasını isteyen bir halde tut, artık ondan şüphe edemezsin. Ben tabiattaki ahant ve gaiyet dolayısıyle de Allah'a inanıyorum.

Kant (1724-1804) der ki: Tanrı olmayacak olsa, iyilik

ve kötülük, doğruluk ve yanlışlık da olmazdı. Biz iyiliği ve kötülüğü, doğru ve yanlışı Allah'ın emirlerinden öğreniyoruz. Adalet ve Hak'ın korunması için Allah'ın varlığı şarttır. Tanrı ahirette mutlak adâleti koruyacak, haklı ve haksızı ayıracaktır. Çünkü dünyada hak ve adâlet tam mânâsiyle tatbik edilememektedir. O'nun adaletinin icabı budur. Anadan doğma, ama, ziyâyı bilmediği için zulmet mefhumu yoktur. Fakirin de serveti olmadığı için iflas mefhumunu bilmez. Cahilin ilmi olmadığı için o da cehalet mefhumunu bilmez. Halbuki biz insanların ruhunda ezelî, ebedî ve kudretli bir zat tasavvuru vardır. Olmamış olsaydı biz onu tasavvur edemezdik. Madem ki, böyle bir bilgimiz ve tasavvurumuz var, bu zat da vardır ve O Allah'dır. Bundan başka şu dört delil de Allah'ın varlığını gösterir:

1- Âlemde ince bir nizam vardır. Bu nizamın bir idarecisi olmak lâzım gelir.

2- Madem ki mevcudat vardır, bunların bir yaratıcısı vardır.

3- Mevcudat arasındaki nizam, eşyanın tabiatından ileri gelme değildir. Bu nizam birçok sebep ve hikmetlerin tesiri ile meydana gelmektedir. Âlemi teşkil eden kısımlar arasındaki mütekâbil münasebetler, yüce varlığa delâlet eder.

4- Yaratılmış olan bu kâinat, ilk illete muhtaçtır. Bu fâil illet ise Allah'tır. Alah'ın varlığını veya yokluğunu ispat etmekten aciziz, ki, Allah mevcut olsun. İdrak edemediğimiz şeyler mutlaka yok demek değildir.

E. Renan (1823-1892) der ki: Tabiat ve insanın haricinde bir şey daha var mıdır? diye sorulacak olsa, evet vardır, deriz. Zira tabiat bir görünüşten, insan da bir hâdisten ibarettir. Bunların derinine gidilecek olursa nâmütenâhi bir cevhere rastlanır. Bu derinliklerde müslümanların güzel tâbiri ile "hüvelbâki" vardır. Mevcut olan ve mevcut olacak olan Allah vardır. Her şeyde ve her yerde Allah vardır.

E. Boutroux (1845-1921) göre: Allah tam, kâmil ve noksansız bir varlıktır. Âlemin varlığı için, Allah'ın varlığı zaruridir. Bu âlem, ilâhî varlığın taklidi bir taslağından ibarettir. Bu alem bir imkân âlemidir. Allah'ın varlığına hiçbir mani tasavvur olunamaz. Allah'ın varlığı din, ilim ve demokrasiye engel de değildir. Allah, hem âlimin hâlikıdır ve hem de âlemi muhafaza ve himâye edendir. Allah tam ve zarurî bir varlıktır, kendisindeki kudret ve hürriyet de namütenahidir.

Bergson'a (1859-1941) göre: Her şeyin bir sebebi vardır. Eşya ve hâdiseler, bu ilk sebebin iradi bir eseridir. Mahlûk ve hâdisler, bu ilk sebebin irâdî bir eseridir. Halik ya halk ettiği şeylere mündemiçtir veya eserinin haricindedir. Kâinat hareket halindedir, devam ederler. Bu bir oluş hareketidir ki, hiç bir şeyin daha evvel olarak teşekkül etmediğini gösterir. Bütün hareketler, sonsuz bir kaynaktan fışkırır gibi mütemadiyyen oluş halindedir ve gün geçtikçe daha da kemâle ereceklerdir. Binaenaleyh, kâinatın teşekkülü bitmiş değil devam etmektedir. Bazıları tabiata, Allah nazariyle bakar. Bu yanlıştır. Tabiat, her ne kadar insana hem lütûfkâr ve hem de âsî bir kudret gibi görünürse de, Allah değildir. Bir çocuk, nasıl mama aramak ihtiyacında ise insan da bir Allah aramak ihtiyacındadır, der...

Şişman adam uyumuştu. Konuşma özürlü genç hiç bıkmadan dinliyordu.

Vedat güzelce Ebezer'i dinledikten sonra:

— Vay, vay be imam. Peki bu profösör, filozoflar Allah'a inanıyorlar da neden televizyonda ders kitaplarında bunlar söylenmiyor? Kitaplarında da bunların Allah'a inandıkları pek söylenmiyor. Fazla rastlamıyorum be ağabey, neden rastlamıyorum? Beni böyle sokak çocuğu görme, okuyorum yani ağabey, niye zamanımı öldüreyim abi. Okurum yani, ben de akıl taşıyorum. Niye düşünüyorum.

Ebazer cevap verdi:

— Bak kardeşim, hâlâ dünyanın ne olduğunu henüz insanlarımız tanımış değil. Filozofların Allah'a inandığını sık sık dile getirmiş olsalardı eğer, bu gençlik Allah'a inanırdı. Bu gençlik Allah'a inanınca kendilerinin fazla ismi kalmazdı. Kendilerine inanılsın, kendilerine tapılsın diye Allah'ın varlığını hatırlatacak dersler, konuşmalar, filmler, gazeteler mâlesef fazla gündeme getirilmiyor. İşte görüyorsun ben bunları kaynak eserlerden aldım. Görüyorsun ki hemen hemen bütün filozoflar, Allah'a inanmışlardır. Ancak bazı inanmayan filozoflar olmuştur ki, bu da neden? Allah'a akıl erdiremediği için her şeyi aklın sınırları içinde düşündüğü için çareyi reddetmekte bulmuş, kitaplarında da onun Allah'ı reddettiği geçmiştir ama şunu unutma ki kendi kendilerine yine büyük bir mücadele, yine büyük bir bunalımın içerisinde kalmışlardır. Onun için sen sakın Allah'a hiç inanmıyorum diyenlere inanma, hepsi biliyor bir şey var, var ama Allah demek işine gelmiyor. Görüyorsunuz adam, Allah dememek için her şey söylüyor. Tabiat diyor, bir güç var diyor, bir sır var diyor, bilinmeyen var diyor, efendim bir doğa var diyor, bizi yarattı diyor, her şey diyor Allah'ın adına da Allah demiyor. Çünkü biliyor ki onlar eğer Allah derse, Allah bu kâinatı yarattığına göre bir de din yaratmış olacaktır, göndermiş olacaktır. Bunu insanlar kendiliğinden anlarlar diye ilk iş bizim gençlerimize Allah'ı unutturdular. Allah'ı dolaylı yollardan gençlerimizin zihnine sokmaya çalıştılar. Onun için Vedat kardeşim bugün bu kendisini cinsel konulara kaptırıp ruh hastası olanlar da bu eğitimin eseri, meyhanelerin dolması da bu eğitimin eseri, kadınların satılması da bu eğitimin eseri, bugün erkek, normal erkek homoseksüel erkek kadar makbul değilse, homolar daha çok ön plana getirilip makbul insanlar gibi gösteriliyorsa, işte bütün bunların altında Allah inancının uzaklaştırılması yatıyor. Düşününüz bir bale eğitimi için milyarlar harcanıyor ama Allah'ın dinini anlatmak isteyen Kur'ân kursları malesef devletten beş kuruş göremiyor. Buna benzer birçok olaylar, bir çok meseleler alın bakın devlete bakın, yasasına bakın, televizyonuna bakın, gazetesine bakın, yaptığı işlere bakın, Allah'ı gerçek manada sevdirecek bir şeyler görüyor muyuz? İşte bütün bunların altında yatıyor Allah'a inanan filozofların söylediği sözler. Diğer sözlerini alıyorlar da mesela "madem ki düşünüyorum o halde varım" bunu çok duymuşuzdur. Ama bu sözün bir öncesini ve bir sonrasını duyanımız yoktur. Çünkü bir öncesinde ve bir sonrasında da bu sözün Allah'ın varlığına delil ifadesi vardır. Onun için orta yerinden alınan bu kelime yıllarca kullanılmıştır. Gençlere Allah'ı inkar ettirmek için de bu kelimeler vasıta olarak kullanılmıştır. Yani Vedat kardeşim, yani arkadaşım (bu arada şişman mahkûma bakarak Ebazer daha sonra konuşma özürlüye bakarak şöyle hepsine bir göz gezdirdikten sonra) işte anlıyorsunuz değil mi? Bütün inanan filozofların Allah'a inandığını ifade eden sözleri sadece bu nesli dinsiz yapmak için söylenmedi. Bütün mesele budur kardeşlerim. Bütün mesele budur.

Bir insan için önemli olan Allah'ın varlığına iman etmiş olmasıdır. Allah'ın varlığına gerçekten iman ederse, o insan için bütün hatalı müslümanlar, bütün hatalı fetvalar vız gelecektir. Nitekim bir insan tanıyorum, radyo programcısı biridir. Bu şahıs der ki: "Yahu bırakın ben cehennemde yanmak istiyorum, size ne benim cehennemde yanmak istememden?" Halbuki o insan güzel güzel düşünse Allah'ın varlığını ve bir gün ona gideceğini çok iyi düşünse, düşünmeyi de düşünse asla "ben cehennemde yanmak istiyorum, bırakın beni, beni özgür bırakın" demiyecektir. O zaman diyecektir ki "cehennemde yanmak istemiyorum, cehennemde yanmamak için lütfen ne biliyorsanız bana anlatın" diyecektir. Bu gün bunu söylemiyor, çünkü Allah'a tam olarak inanmıyor. Allah'a hâşâ onun için bir oyuncak sanki. Haşa sanki onun dini bir bağnazlık, sanki bu çağlara hitap etmeyecek kadar karanlık ona göre İslâm dîni. İslam dininin ne olduğunu bilmiyor insanlar. Çok yanlış tanıtılıyor. Üst âyet alınmıyor bir altındaki ayet anlatılıyor. Mesel â; erkekler hanımlar üzerinde kaimdirler derken bir üstündeki ayet kadınların yeme içme diğer masraflarını kasdettiğini ifade eder. Buna benzer bir çok konular birbirine karışmış, buna benzer birçok meselelerin üzerine mâlesef olur olmaz konular örtülmüştür. İşte bakınız tefsirde İsrailiyat kitabını mutlaka tavsiye ediyorum, okuyunuz. Göreceksiniz ki, orada o kadar uydurma şeyler var ki, bunlardan bir tane örnek vermek istiyorum size, meselâ Kur'ân-ı Kerim'de bir defa geçen konulara bakıyoruz ki; kitaplara o konu hakkında neler uydurulmuş neler söylenmiş aklınızın alamayacağı kadar ilaveler yapılmış. Mesel;â; size tefsirde İsrailiyat kitabından bir örnek vereyim, bakın o kitapta okumuştum aynen şöyle diyor:

İREM HAKKINDA

Kur'ân-ı Kerim yeri geldikçe insanların ibret almalarını temin maksadı ile geçmiş kavimlerden ve bunların çarptırıldıkları ilâhî cezalardan da bahseder. Bazen çok kısa olarak temas edilen bu konular, kıssacılar tarafından genişletilmiş, haklarında İslâmî olmayan birçok haberler uydurulmuş; bu haberler İslâmi muhitlerde yayılmış ve kitaplara da geçmiştir. İrem hakkındaki durum bunun canlı örneklerinden biridir.

İlgili âyetlerin meâli: "Görmedin mi Rabbin nice yaptı "Ad"e; (yani) o direk sahibi İrem'e? Ki o, şehirlerde bir benzeri yaratılmayandı." (el-Fecr, 89/7-8).

İrem'dem maksat nedir? Kimi;

a- Bir beldenin a dıdr; bu da:

1- Dımeşk kasabasıdır, demiş.

2- İskenderiyye şehridir,

3- Şeddat'ın yaptığı şehirdir,

4- Yemen'de bir kasabadır,

5- Irak'ta bir kasabadır demiş,

6- Şam'da bir kasabadır.

b- Ümmet adıdır.

c- Ad kavminden bir kâbile adıdır, demişte demişler.

d- "Ad'in dedesinin adıdır.

İşte duydunuz. Bir ayet için ne kadar ayrı şeyler söylenmiş. Mesele bunlarla bitmiyor. Bakınız insan hiç lüzûmu yokken, Kur'ân'da ve Hadis-i şerifte konu edilmiyorken neler ortaya atmışlar.

Zannediyorum ki; insanlar bu Kur'ân'ın ruhunu anlayamayınca canları sıkılmış, uydurmuş ta uydurmuşlar. O zaman da din görünmez olmuş bunca uydurmalar içinde. İşte biz bu yüzden çok çalışmalıyız. Mesel â; Kârun'un anahtarları konusu;

Karun'un anahtarları kaç tane idi?

Rivayete bakılacak olursa, Kârun'un anatlarlarının sayısı 400 bin taneydi demiş birisi.

8- Anahtarların büyüklüğü ne kadardır? diye sorulmuş gereği yokken.

İttifakla bütün kaynaklar, Kârun'un hazinelerini açmak için kullandığı anahtarların "parmak" büyüklüğünde olduğunu söylerler.

9- Anahtarları kaç katır taşıyordu?

Bir ikisi hariç hemen bütün kaynaklar Karun'un anahtarlarının katırlardan müteşekkil kervanlar tarafından taşındığını zikrederler. Yalnız bu kervanları meydana getiren katırların sayılarında ittifak yoktur.

a- Kırk katır tarafından taşınıyordu;

b- Altmış katır tarafından taşınıyordu;

Bu rivâyetlerin ilk râvisi olan Hayseme, katırların ayaklarının şekli ve alınlarının beyaz olduğunu; her biri bir parmaktan kalın olmayan anahtarların, ayrı ayrı hazineleri açmak için kullanıldığını ve bunların İncil'de yazılı olduğunu tasdik eder.

c- Yetmiş katır tarafından taşınıyordu,

d- Kırk adam tarafından taşınıyordu.

Bunca saçmalık Allah aşkınıza söyleyin olur mu? Kırk katırlık anahtar bir kasabayı açar. Hemen hemen dünyadaki altınların tümü zaten bir kasaba ancak eder.

10- Anahtarlar neden yapılmıştı? Sorunun saçmalığına bakın.

a- Demirden yapılmıştı;

b- Demirden mâ'mûl anahtarlar ağır gelince ağaçtan yapıldı.

c- Deriden yapılmıştı;

d- Sığır derisinden yapılmıştı,

e- Deve derisinden idi.

f- Öküz derisinden idi.

İşte böyle saçmalıklarla milleti oyalamışlar kardeşlerim. Sana ne anahtardan. Nerden çıkardın bunları? İslâm senden Kârun'un anahtarlarını mı sordu? Hayır. İşte saçma sapan konularla zamanı ziyan edip milletin kafasını yormuşlar. Biz de şimdi, bu uydurukçu zihniyetten dinimizi kurtaralım diyoruz. Onun için, hurâfemiz olmadığı için sevilmeyiz. Bunların aslını söylemek için mücadele ediyoruz.

Beni yarım saattir aralıksız dinlediniz. Teşekkür ediyorum.

Vedat:

— Ben kitaptan okununca sıkıldım. Senin anlatman benim daha çok hoşuma gitti. Fakat çok da ilginçti konular. Demek bunca filozoflar Allah'a inanıyorlardı ha?

Bir çok konuyu anlayamadım ama yine de çok güzeldi.

— Aslında ben bu gece ikinci hatamı yaptım. Sizlere kapasitenizden ağır konular anlattım. Ama ben de hata yapacak özellikte yaratıldım.

Vedat çok etkilenmişti. Hatırlamıştı, okuduğu Kur'ân Kursun'da bu hurâfelerle zaman kaybeden iyi niyetli bir hoca vardı.

— Gerçekten güzel çok güzel imam. Bizler günahlara bile torpil arayan insanlarız... Yahu İmam, biz neden böyleyiz? Günaha bile şapka giydirmeye kalkıyoruz...

Konuşmalar uzadıkça, şişman adam zaman zaman gözlerini açıyor, biraz daha dinliyordu. Uyku sersemi olmuştu ama yine de sordu:

— İmam beyefendi sonra ne oldu hayatınız?

— Öyle olaylar oldu ki, bunu, size anlatmamın hiç bir faydası olmaz. Belki siz de İslâm davasına girerseniz herşeyi bilirsiniz. Bakın bir gün umulmadık bir olay oldu. Bir liderimiz vardı. Öyle şartlanmıştı ki, o, İslâm'a aykırı konuşsa bile hemen teviller buluyor, onun hatasız konuştuğuna inanıyorduk. Her hatasına "bir bildiği vardır" diyorduk. Asla ona toz kondurmazdık. Taban tabana İslâm 'a zıt inanışlara İslâmî diye inanıyorduk. Her şey lidere bağlıydı. Peygamber unutulmuştu sanki. İmanda taklit caiz değildi ama biz amelde mezhep, imanda liderimizi taklit ediyorduk. Liderimiz asla mütevâzı değildir. Her şeyi ben bilirim havasındaydı. Bizim çocuklarımızı batı medeniyeti diye okutmadı. Ama kendi oğullarını Avrupa kucağında okuttu. Devletin istikametinde gidiyor, İslâm'dan tavizler veriyordu. Bir de müslümanların gönderdiği paraları ya kendi, ya da akrabalarının üzerine bankaya yatırıyordu. Serveti milyarları yüzlerce kez katlıyordu. Nerden kazandığı belli değildi. Bence bu işe bir çare bulunmalı. Bu lidere bir şeyler söyleyip ikaz etmeliyiz. Üstelik milletin verdiği paradan fâiz de alıyor. Bu lideri mutlaka ikaz etmeliyiz. Gerçekten Allah'ı seven biriyse hatalarından vazgeçer, dedim. Fakat liderimiz münâfıkların kol gezdiği zamanda lider olmuştu. Otoriter, sert ve inatçı, kurnaz ve tedbirli olduğu için olsa gerek kimseye kendi hatalarından taviz vermiyordu. Biz de aptallaşmıştık. İslâm'ı bilmediğimiz için, o ne derse dinin hükmü odur sanıyor, her saçmalığına bir tevil bulup mutlaka onu temize çıkarıyorduk. Kimimiz de menfaatlerimizi İslâm'dan daha önde görüyorduk. O yüzden sesimiz çıkmıyordu. Ben İslâm'ı biraz öğrenince baş kaldırdım. Beni ajan olmakla suçlayıp, müslümanların benimle konuşmasını yasakladı. Tabi saf müslümanlar benim haklı, liderlerinin haksız olduğunu asla akıllarından bile geçirmiyorlardı. Bu yüzden beni, bir ara, akıl hastası ilan ettiler. Sonra da benim katlime fetva verdiler. Şaşkındım... Müslümanlar bu kadar nasıl uyur, dedim. Ağladığımı hatırlıyorum. Sonra beni ihbar etmeye başladılar. Üç kişi bir araya gelsek hemen polise haber veriyorlardı. Allah'tan bazen müslüman polislere rastlıyorduk da masumluğumuzu anlatıyorduk.

Bunları anlatmamın sebebini ben de tam bilmiyor olabilirim. Fakat şunun için söylediğime inanıyorum, bir gün İslâm'a dönerseniz şunu bilin ki, her koldan kötülük görmeniz mümkün. Sakın kötüler yüzünden İslâm'a küsmeyin. Ama candan dostlar da vardır bu yolda. Öyle candan insanlar, öyle candan dostlar vardır ki, sizin yerinize onlar ölmek isterler... Sizin derdinize onlar sizinle beraber ağlarlar. Başka hiç bir yerde bulamıyacağınız samimiyet ve güzel adâlet görürsünüz onlarda. Babaları için bile başkalarını satmazlar. Bu adâletli dostlar azdır, ama o azlar dünyaya bedeldirler.

İslâm 'da kötülüğe yer yoktur. Peki; müslümanlarda neden kötülükler var? derseniz izah edeyim: Biz bu çağın müslümanları tabandan eğitim görmeden tavana çıkıyoruz. Sapan atışıyla yükselen taş gibi sonra aniden yere çakılıveriyoruz. Bütün problemler buradan kaynaklanıyor. Her önüne gelen Kur'ân'ı ayrı yorumluyor! Müslüman dîni tahsil görmemişse o da ayrı bir şekilde yorumluyor... İşte bu çıkmazlardan İslmâm'ı bir bütün olarak öğrenirsek çıkarız. Aksi taktirde, karmaşanın içinden çıkamayız. Şeytan bizi çabuk yener. Ölümüme az bir zaman kala, gerçekleri sunmak istedim. Bu karmaşa daha yıllarca sürecek. Korkarım ki, bu uyanma zamanındaki problemler, size karşı silah olarak kullanılabilir. Şeytan ve şeytanlaşmış insanlar sizi bu olumsuzluklarla vurabilir. Bak derler işte İslâm bu. Halbuki İslâm bu değildir, bu kötülükleri, bizim bu halimizi İslâm'a maledebilirler. İşte bütün bunları onun için anlatıyorum... Siz sakın şeytana uymayın... Sular durulana kadar, kâh liderlerden, kâh evlat ve anababamızdan, kâh can arkadaşımız, kâh hocamızdan... Hiç ummadığımız şeyler olabilir. Olumlu ya da olumsuz. Siz hepsine hazırlıklı olun. Sadece Allah rızasını gözetin... İslâm'ı başka türlü göstermek isteyenlere fırsat vermeyin... İslâm'ı yaşamasanız bile, sakın yanlış bir şekilde inanmayın... Yanlış yapsanız da günahtan batsanız da sakın yanlış inanıp, günaha sevap demeyin... Günahın günah, sevabın sevap olduğunu mutlaka kabullenin.

Vedat bu konuşmaların hepsini anlayamıyordu, ama Hasan çok iyi anlıyordu.

Vedat:

— Demek müslümanların içinde de kötülük varmış. Ben de sanıyordum ki...

Vedat'ın sözünü Ebazer kesmişti:

— Hayır, gerçek müslüman asla kimseye kötülük yapmaz. Fakat bu düzende yetişen bir insan İslâm'a döndükten hemen sonra tam ve bilinçli müslüman olamaz ki.. Yanlışlar devresi başlar. Başkalarını suçlu görme, grup taassubu devresi başlar. Bunlarla çok oyalanırsa gerçek müslümanlık seviyesine ulaşamaz. Fakat onu bilemez o. Bir de gerçekten müslümansa bir kişi ona doyum olmaz. O her gurubun müslümanlarına sevgiyle bakar... Kardeşlik bağlarımızın Allah tarafından konulduğuna inanır. Allah'ın bağı ile bağlanan kişi hiç kötü olur mu din kardeşine? Ama grup bağı ile bağlanmışsa onun herşeyi felaket doğurur.

Ebazer, bunları söylerken Hasan'a bakıyordu. O biliyordu ki bu koğuşta kendisini sadece o tanıyordu.

Fakat Vedat umulmadık çıkışlar yapıyordu. Sorduğu sorular Ebazer'i şok ediyordu. Yine sordu Vedat:

— Peki imam. İnsan nasıl gerçek müslüman olur? Sence ben gerçek müslüman olabilir miyim?

— Tabi ki olursun... Bilakis çok da güzel olursun.

— İşe nereden başlamalıyım?

— Önce Allah'a imandan başlamalısın. Kim Allah'a gerçek mânâda iman ederse, o, gerçekten melekten üstün duruma gelir. Bu imtihan dünyasının ağırlığı bayağı yorar insanı ama, gün gelir o yorgunluktan bile zevk duyarsın... Her şeyde, her işte Allah'ın sevgisini bulursun... Sahabi öyle olmuş... Onun için, onlara vız gelmiş işkence... Asla dönmemişler davalarından.

— Yapma be imam. Biraz anlatır mısın? O nasıl iş öyle.

— Allah sevgisi anlatılmaz yaşanır. Nasıl oluyor ben de bilmiyorum. Bize örnek olan Sahâbi Allah için ölebiliyor, Allah için sürünüyor, Allah için çile çekiyor, Allah için en nefret ettiği kişiyi seviyorlardı. Nasıl başarırlardı bilmem, ama onlar başarırlardı bunu.

Mus'ab bin Umeyr, çok zengin bir aile çocuğu iken

müslüman oldu. Medine'ye ilk defa o gitmişti öğretmen olarak.

Hazreti Hatice vâlidemiz, ilk defa o iman etmiştir. İlk defa Hazreti Sümeyye imanından dolayı şehid edilmiştir. İlk defa çocukken Hazreti Ali iman etmiştir. İlk defa bir kez ona İslâm tebliğ edilince Hazreti Ebubekir iman etmişti. Onların imanları bizim gibi değildi. Onlar Allah'a ve İslâm'a iman ettikleri zaman, hem kendilerinde hem de devletlerinde devrim olurdu. Ama biz, kendimizde bile devrim yapamıyoruz.

Vedat:

— Allah öylesine nasıl sevilir? Ne olur bana anlat be imam. Ama önce ben bir yıkansam diyorum.

Karar vermişti Vedat. Tevbe edecek Allah'a dönecekti. Buz gibi suyla tuvalette yıkandı. Sonra Ebazer'in yanına gelip yerde bağdaş kurdu. Üşümüştü. Hemen altına bavulunu aldı. Herkes uykuya daldığı halde Vedat Ebazer'i sıkıştırıyordu:

— Şimdi bana a'dan z'ye ne yapmam gerektiğini anlat. Filozofların dediği gibi, Allah'a akıl ermez madem... O halde Allah'ı aklıma sığdırmaya neden çalışayım?

Ebazer:

— Aferin Vedat sana. Umduğumdan daha zeki çıktın. Bu kadar çabuk hidâyet bulman beni şaşırttı. Seni en çok etkileyen ne oldu Vedat kardeş?

Vedat'ın gözleri nemlenmişti ağlamak istiyordu aslında, ama kendisini zor tutuyordu. Sonra konuşmaya başladı:

— Anlatayım imam, işin aslını anlatayım: Babam, beni küçükken okutmuştu. Hocam da bana Allah ile ilgili çok güzel kıssalar anlattı. Ama büyümemde şanssızlıklar peşimi bırakmadı. Böyle kopuk oldum. Yıllar önce cezaevinde bir imam geldi. O da beni çok etkiledi. Günlerce bana vaaz verdi. Namaza başladım. Sonra o da bitti. Ben hiç mânevi takviye alamadım. Şimdi namazı bile unuttum. İçimde var, var da ortam bozuk.

— Hem haklı hemde haksızsın. Biz müslümanız. Bukalemun gibi bulunduğumuz ortamın rengine bürünemeyiz. Aksine, bulunduğumuz ortamı kendi rengimize çeviririz. Ama bunu yapamıyoruz. Başımızdaki sistem İslâm'ı öğretiyor ama o da tam değil. İslâm'ın öteki yarısından söz etmiyor. Hangi şeyin yarısıyla bütününü anlamış olamayız. Mesela dokuzun yarısını atsan ne anlarsın? On numarayı yarısından ele alsan ne anlaşılır? Bir yarısında sıfır, ötekinde bir kalır. On diye birşey kalmaz ortada. Basit bir sekiz rakamının bir kısmını atınca ne kalır çift sıfır. İşte İslâm dini de öteki yarısını birleştirmezsen anlamsızlaşır.

Vedat:

— Çok haklısın imam.

Sabah ezanına az kalmıştı. Bir ara Ebazer asılacağını hatırladı. Baştan aşağı ilk defa buz gibi olmuştu, ürkmüştü ölümden. Hayat nasıl bir şeydi ki, onu kaybetmek insanı ürpertiyordu. Ama yine de insanlar bilmezdi hayatın kıymetini. Hemen ayağa kalktı, bir hacet namazı kıldı. Sesli sesli dua ediyordu:

— Allah'ım! Son saatlerimde ihlâsımı bozma Ya Rabbi. Şeytanı yanıma yaklaştırma.

Vedat sıkılmıştı. Hep kendisine anlatılsın istiyordu. Birden bire atıldı:

— Oof tamam be imam, tamam! Allah için canını veriyorsun hâlâ şüphen varsa biz yandık demektir. Bana İslâm'ı anlatıyordun duâyı bırakta devam edelim.

Ebazer:

— Hayır sen anlatıyordun nasıl etkilendiğini.

Vedat başını kaşıdı:

— Hıım... Evet ben anlatıyordum. Ben en fazla senden etkilendim. Allah'a çok yakın hissediyordun kendini. O halin beni müthiş etkiledi.

— Evet, Allah için candan geçmek karşı tarafa çok etki yapar. Şehidler bir de bu yüzden ölmezler. Etkileri devamlıdır. Bak unutuldu mu Hazreti Sümeyye?.. Unutuldu mu, ondan sonra şehid olanlar? Ama gösteriş budalası şehidler değil, bahsedilen şehidler; Allah'ın şehid dediği hakiki şehidlerdir.

Bazıları namaz kılmaz, savaşmak ister, zanneder ki ben ölürsem şehid olacağım. Bilmez ki, Allah'a secde etmeyen baş, kendisini feda etse Allah'a secde etmediği için şehid olmaz. Çünkü gerçekten Allah'a canını verseydi, önce uykusundan geçer namazını kılar, malından geçer zekat ve sadakasını verirdi.

Vedat irkilmişti.

— Ya namaza başlamadan, ona ölüm gelirse Allah yoluna?

— O zaman iş değişir.

— Birden ayağa kalktı Vedat:

— Ben hemen yatsı namazımı kılmalıyım. Ne olur ne olmaz, belki bir ayaklanma olur, kurşun bana rastlar ölürüm.

Vedat huşu içinde namazını kılmıştı. Ebazer mutluydu. Kendisi gidiyordu, ama yerine bir temiz insan bırakıyordu.

Namazını kıldıktan sonra hemen Ebazer'e döndü:

— Biliyor musun imam? Hatice bacıya dua ettim. Allah onun gönlüne göre versin. Onu bir bacım gibi sevdim. Çirkin olduğu halde çirkinliğinden, sakat olduğu halde sakatlığından utanmayanı çok severim. Hatice bacımı hem sevdim hem çok acıdım ona. Allah gönlüne göre bir hayat versin. Devamlı böyle dua ettim.

— Sağ olasın Vedat. Beni çok duygulandırdın.

Ebazer ağlarken gözleri, konuşamayan genç mahkûma takıldı. O da ağlıyordu. Onun ağladığını gören Ebazer artık gözyaşlarını zoraki içine göndermemişti. İşte o da ağlıyordu. Her ne kadar ağlamayı ayıp gösterseler de, o biliyordu ki, asıl insanlar ağlar, insan olmayanlar ağlayamazlar, insanlara acıyamazlardı.

Birden Vedat'la da göz göze geldiler. Vedat ağlamalarını hıçkırığa dönüştürmüştü, zoraki yalvardı.

— Sen ölme ne olur imam. Ben seni çok sevdim. Sensiz bu dünyayı sevmem artık. Ömrümde senin gibisini görmedim. Sen ölme imam... Sen bu dünyaya lazımsın.

Vedat'ın aklına birden bire ilginç bir fikir gelmişti. Gözyaşlarını silerek acele acele bir tur attı koğuşta. Düşüncelerine hakim olamadan sesli düşünüyordu.

— Acaba olur mu?

Ebazer:

— Ne olur mu Vedat? Ne diyorsun?

Vedat kararlıydı.

— Canım hocam benim... Söyle bakayım. İşe yarayan, İslâm'a hizmet eden bir âlime kurşun sıkılsa, birisi o kurşunun önüne geçse. Ama câhil biri olsa, hayatı boyu Allah'a isyan etmiş olsa ve de o gün iman eden birisi olsa şehid olur mu?

Ebazer yaşlı gözlerini silerken bir yandan da gülmeye başladı.

— Senin dediğin gibi bir şey olmaz ki Vedat:

— Farzedelim oldu.

— Tabi ki şehid olur. Çünkü o, âlimin İslâm'a hizmet etmesini düşündüğü için kendisini onun yerine ölüme attı.

Vedat çok kararlı ve kendinden emin düşüncesini açıklıyordu:

— O halde senin yerine ipe ben gideceğim imam.

Ebazer birden ayağa kalktı.

— Delirdin mi sen? Dünyada olmaz..

— Bu iş dünyada olmazsa ahirette hiç olmaz. Ben kararımı verdim. Sabahleyin öteki vardiye gelecek. Onların içinden beni de seni de hiç kimse tanımaz. İkimiz de sakallıyız. Senin yerine ben öteki dünyaya gideceğim. Sen de bu dünyada İslâm'a hizmet edecek, bahsettiğin, İslâm'ın öteki yarısını bu millete sen anlatacaksın.

— Beni şaşırttın şok ettin Vedat. Bu iyiliğin irâdeme verilirse öteki dünyada unutmayacak, sensiz cennete girmemek için rabbimize naz yapacağım. Ama senin dediğin asla olmaz.

— Neden olmazmış?

— Olmaz da onun için.

— Sebebini söyle?

— Söyleyemem.

— Hani o âlimin önüne atılan şehid olurdu.

— Ama ben âlim değilim... Beni daha fazla ağlatma Vedat. Kendi ölümümden daha çok ağlattın beni. Böylesi bir fedakârlık düşünemiyorum. Ama bu konuyu kapat.

Vedat kararlıydı:

Neden kapatayım sebebini söyle?

— Benim için can vermeğe değmez.

— Senin için değmeyen bir canı yaşatmaya hiç değmez. Beni zorlama imam... Bu işi kabul et. Bizler, senin gibiler olmadığı için bu hallere geldik. Sen bu dünyaya lazımsın.

— Asla... Asla, başkalarının canını kendi canımı kurtarmak için ölüme atamam.

Vedat hatırlamıştı. Bir kartta okumuştu. Müslüman liderlerle öteki liderler arasındaki fark, müslüman liderler kendi yerlerine başkası ölsün istemezler.

Bu defa yüksek sesle bağırdı Vedat.

— İmam be şımarıyorsun anladım. Kendini bir şey sanıyorsun. Başkası şehid olamaz, sadece ben şehid olurum diyorsun.

Ebazer Vedat'ın hilesini anlamış tatlı bir ifadeyle cevap verdi:

— Evet öyle. Nasıl da anladın düşündüklerimi..

Vedat:

— Sinirime dokunuyor, lütfen gülme!

— Ama buna gülünür Vedat'ım, buna ağlanır da üstelik.

Ebazer hem gülüyor hem ağlıyordu yine. Böylesini hiç görmemişti.

— Vedat sen delirdin mi?

Vedat:

— Hayır çok sağlıklıyım o kadar. Hırsızlar Allah'a dönmez mi sanıyorsun? Gaspcı, çingene, sokak çocuğu şehidliğe layık değil mi senin indinde? Şımarık imam.

Vedat ağlayarak devam ediyordu:

— Şımarık imam. Bırak beni, ömrümde ilk defa işe yarayayım. Bana neden bu fırsatı vermiyorsun? Ben şehidliğe yakışmam mı imam? Ben o mertebeye yakışmıyor muyum?

Ebazer gözyaşları içinde cevap verdi:

— Hayır, yakıştırmama değil. Sen, benden daha çok yakışıyorsun o makama. Ama benim yerime değil. Zaten sen bu niyetinle kazandın bile o mertebeyi. Yeter beni daha fazla ağlatma.

Bu arada çook uzaklardan bir ezan sesi geliyordu kulaklarına.

Hayyâles selaaah... Hayyâles salaaaah

Hayyâlel felaaaah... Hayyâlel felaaaaaah

Esselâtü Hayrün minennevm

Esselâtü Hayrün minennevm

Allahu ekber Allahu ekber

Lâ ilâhe illallah.

Üçü de huşu içinde dinledi ezanı. Konuşma özürlü gidip abdest aldı. İyice üşümüşlerdi, ama feyiz ve Allah'a olan yakınlıklarından dolayı soğuğa aldırış bile etmiyorlardı.

Huşu içinde namazlarını kılmışlardı, koğuşta sanki melekler cennet çiçekleri dağıtmışlar gibi bir hava vardı.

Vedat kararlıydı. Şişmanı uyandırıp, koğuşun öteki ucuna çekti. Fiskosla konuşuyorlardı.

— Bak şişko. Seni sevdim cömertsin. Bu imamın ölümünden kurtulmasını istiyorsan son bir iyilik daha yap. Onu ipten kurtarmam için bana beşyüzlük daha ver.

Hiç düşünmeden vermişti şişman adam. Vedat sonra tenbih etti.

— Sakın bu paradan imama bahsetme

— Olur ama....

— Amasını mamasını karıştırma.

— Olur Vedat Beyefendi.

Vedat bir müddet düşündü.

— Artık kızmıyorum. İstediğin gibi konuş. Anladım ki annem de düzenin kurbanıydı. Adresini bilsem güzel bir mektupla onu affettiğimi, Allah'a dönerse Allah'ın da onu affedeceğini yazardım. Ama onunla bu dünyada artık görüşemiyeceğiz.

— Neden? Sen tahliye olmuyor musun?

Vedat gülümseyerek cevap verdi:

— Oluyorum. Hem de tahliyelerin en güzeli ile.

Sonra rüşvetçi gardiyanı çağırıp kulağına fısıldadı:

— Ömründe bu kadar parayı benden alamazdın. Ama veriyorum bana eter bul ağabey. Ayağını öpeyim bana eter bul.

Gardiyan şaşırmıştı.

— Aaa! Burada eteri ne yapacaksın?

— Çok heyecanlıyım ağabey. Kalbim dayanmıyor. On yıl sonra dışarı çıkmak kolay değil. Kalbim durabilir sevinçten. Koklayıp biraz bayılmak istiyorum.

— Ama beni ele vermek yok. Revirde olacaktı. Beni ele verirsen seni öldürürüm.

— Şerefsizim öldür ağabey. Kölen olayım dayanamıyorum. Hiç olmazsa bir güzel uyurum.

Gardiyan onbeş dakika sonra eteri getirmişti. Artık içi rahattı Vedat'ın. Ebazer bir şeylerin döndüğünü anlamıştı sormadan edemedi.

— Ne oldu Vedat?

Vedat kızgın gibi suratını asıyordu.

— Yok bir şey.

— Gizlediğin bir şey var.

— Varsa bul. Ben birşey yok diyorum.

Yavaş yavaş zaman yaklaşıyordu. Vedat planını nasıl uygulayacağını düşünüyordu. Şişman bu planı anlamamalıydı. Konuşma özürlü genç uyanıktı. O da bir şeyler seziyordu. Silah sesleri durmuştu. Yan koğuşta bulunan bir liderin mensuplarıymış.

Vedat tekrar sordu Ebazer'e,

— Bak imam, senden son defa rica ediyorum. Bana izin ver.

— Ebazer çok kararlıydı:

— Asla olmaz. Senin benden faydalı bir müslüman olmayacağın nerden belli? Sen çöplük altında kalmış cevhersin. Bir el çöplerini temizlerse sen ortaya çıkarsın. Mesele o eli bulmakta o el senin elin de olabilir. Biz müslümanlar hep hazıra konmak istiyoruz. Kişi İslâm'a dönmüş her ahlâkı tamam olmuş olacak... Ama hazırcı olmayanlar da var. İnşaallah onlar seni bulurlar. Sen çok da uğraştırmazsın. Sen gerçek bir pırlantasın.

— Bırak bunları imam. Saatin yaklaşıyor. Bana son olarak bir şeyler tavsiye et.

— Bilmem ki ne tavsiye edeyim. Konuşmakla sabahı yaptık. Çok ta üşüdüm... Sen sor ben söyleyeyim.

Vedat onu oyalamak için soruyordu:

— Ben şimdi ilk iş olarak ne yapmalıyım?

— Önce tevbe etmelisin. Bir daha çalmak yok. Gasp, uyuşturucu, içki, kumar, zina velhasıl yalan dolan yok.

— Hepsine tevbe ettim.

Sonra huzur dolu bir nefes aldı Vedat.

— Hepsine tevbe ettim. Allah'ıma kurban olayım, O'na secde ettim. Üstelik bilerek iki vakit namaz kıldım.

Hiçbir şeyden habersiz Ebazer:

— Canım iki vakit olur mu? Ölene dek hiç bırakmayacaksın namazını.

Vedat gülerek cevap verdi:

Vallah ölene kadar devam namazı kıldım. Bundan sonra ne yapayım?

Önce namaz kılmasını ve namazda okunacak sûre ve duâları öğren sonra güzelce ezberle. Önce sabah namazından başla öğrenmeye. Hepsini güzelce ezberle. İlk zamanlar karıştırırsan da devam et. Bir taraftan öğren. Şöyle ezberle:

1) Sabah namazı: 4 rekat. 2'si sünnet 2'si farz. Önce sünnet kılınır.

2) Öğle namazı: 10 rekat. 4'ü sünnet, 4'ü farz, 2'si son

sünnet.

3) İkindi namazı: 8 rekat. 4 sünnet, 4 farz.. İlk sünnetine sünneti gayrımüekkede denir.

4) Akşam namazı: 5 rekat. 3'ü farz 2'si sünnet. Sadece akşam namazında ilk önce farzı kılınır. Akşamın vakti çok çabuk geçtiği için.

5) Yatsı namazı: 13 rekat. 4'ü sünnet 4'ü farz. 2'si son sünnet, 3'ü vitir. Bu da vâciptir. Bunları ezberle.

Vedat'ın aklı fikri başka yerdeydi. Ebazer'i hiç duymuyordu bile. Ebazer fark etmişti Vedat'ın dalgınlığını.

— Senin aklın başka yerde. Unutma kulak duymaz akıl duyar. Kulak bir vasıtadır.

— Beni yokuşa sürüyorsun imam. Şu yalan dünyada kimim kimsem yok. Benim için kim ağlayacak be imam. Üstelik ben Allah'ıma kendimi ispat etmek istiyorum. Ona canımı feda etmek; yaptığım hırsızlıklardan sonra , ona nasıl döndüğümü göstermek istiyor ve O'nun lütfuna yaslanmak, sarılmak istiyorum. Peygamberimiz'e gidip, "Yâ Rasulullah ben bir sokak çocuğuydum ama seni ve emanet ettiğin İslâm'ı çok sevdiğim için canımı verdim" demek istiyorum. Ama bana bunları çok görüyorsun.

Ebazer:

— Canını başka türlü verirsin.

— Tabii... Benim pis canımın değeri olmadığını sen de biliyorsun. Zaten onun için teklifimi reddettin.

— Yeter Vedat. Ben böyle bir şeyi romanlarda okusam, abartma derdim. Sen çıldırdın galiba. Ölmek istiyorsan başka türlü öl, dedim ya.

Vedat elini kolunu sallayarak bağırmaya başladı:

— Bu hocalar böyledir işte. İsterler ki Allah'ın en sevgili kulu kendileri olsun.

Ağlıyordu Vedat. Devam etti:

— Allah'ın sevgili kulu olmaya bıraktılar mı bizi? Olamadıksa suç bizim mi? Neden beni adam yerine koymuyorsun? Neden Hatice bacımı, anneni düşünmüyorsun?

— Bu konu kapansın. Beni bırak da şu dünyada son saatlerimi dua ile geçireyim.

Çare yoktu. Vedat zorlayacaktı. Konuşma özürlüye anlattı planını. O da çok beğenmişti.

Sonra oturup göz yaşları içinde bir mektup yazdı. Yazdığı mektubu konuşma özürlüye verdi. Şimdi Vedat birtek şey düşünüyordu. Yakalayan olursa!

Artık konuşma özürlü genç te heyecandan yerinde duramıyor, bu iki kişiden kimin asılacağını merak ediyordu.

Vedat'ın planında önce şişmana eter koklatmak vardı. Şişman uyanınca, Vedat'da Ebazer'de gitmiş olacaktı. O hiç birşey anlayamadan küçücük yerde nice büyük işler dönecekti. Ve bu olay, yıllar sonra asılmayan genç tarafından kızına anlatılacak, o kız da bu olayı bir cezaevinde anlatacaktı. Duyanlar da, yazan da göz yaşlarını tutamayacaktı.

Nihayet îdam saati de planın uygulanma saati de gelmişti. Vedat önce şişman adamı uyandırdı, sonra ona yavaşça yaklaştı.

— Arkadaşım. Ben şu kokuyu anlayamadım şunu bir koklasana ne kokuyor?

— Şişman adam:

— Benim uykum var. Lütfen beni rahat bırakın.

Vedat yine de burnuna dayamıştı eteri. Şişman adam

bayılmıştı. Ama Ebazer onu uyudu zannediyordu.

Vedat'ın acelesi vardı. Ebazer'i bayıltacak, ondan sonra da Ebazer'in ana-babasının ismini ezberliyecekti.

Sonra Ebazer'e yaklaştı. Onun elinde Kur'ân vardı. Kur'an'ını okumasını bekleyecekti.

— Yahu imam, şişko koklamadı şunu, sen kokla da ne olduğunu bari anlayayım. Bayağı merak ettim. Bu arada Kur'an-ı okumaya başlamıştı bile Ebazer.

Hemen, Tahâ Sûresi'ni, içli içli ve ruhları yakıcı bir ihlasla okudu Ebazer. Vedat adeta bayılmıştı bu Kur'ânın okunuşuna. Pencereden dışarıya havalandırmaya ve öteki koğuşlara yankı yapıyordu Ebazerin Kur'ân okuyuşu. Komşu koğuştakiler camlara yaklaşıyor, ortalık adeta çınlıyordu. Vedat acele ediyordu. Nihayet Ebazer "sadakallâhul azim"dedi. Bu sözün mânâsını biliyordu Vedat. "Allah doğru söyledi" demekti. Sonra aceleyle eteri uzattı Ebazer'e.

— Hocam kokla şunu. Meraktan çatlayacağım.

Hiçbir şeyden habersiz olan Ebazer eteri koklamıştı. Kısa süre sonra da olduğu yere yığıldı.

Vedat konuşma özürlüyü çağırdı:

Çabuk çabuk gel. Bunu seni yerine yatıralım. Sen de üskatta yatarsın. Hemen nüfus kâğıdını bulalım. Benim bıyık ve sakalları da İslâm'ca bir kılığa sokalım. Küçük makasını çıkarıp arkadaşına verdi Vedat. Sakal ve bıyık düzeltilmişti... Şimdi Ebazer'in künyesindeydi sıra. Hemen o işini de halletti, sonra kendisini imtihan etti. Herşey tamamdı. Şimdi îdam anını bekliyordu. Allah için çok büyük şey yapıyordu. İçinde tarif edilemez bir sevinç vardı. Ama içindeki gizli korkuyu yenemiyordu. Sesli sesli konuşmaya başladı.

— Ya ipi görünce mızıkçılık yaparsam!!

Nihayet ölüm saati ve cellatlar gelmişti.

Gardiyan seslendi.

— İdam mahkûmu Ebazer İmanel hazır mısın?

Vedat hemen ayağa kalktı.

— Hazırım efendim.

— O halde geç bakalım.

Vedat kapıdan çıkarken konuşma özürlü gence baktı. Genç ağlıyordu. Belki ömründe böyle gözyaşı görmemişti Vedat.

Hiç istifini bozmadan konuştu:

— Vedat'a selam söyle. Kendisine iyi baksın. Öteki yarıyı unutmasın.

Sonkez bakışıp ayrıldılar. Koğuşun kapısı sert ve acımasız bir sesle kapandı.

Birinci gardiyan sordu:

— Yasak şeyler yapmasaydın da şimdi asılmasaydın olmaz mıydı?

Vedat gayet vakarlı bir eda ile baktıktan sonra cevap verdi:

— Bu sistem bizi buna mecbur etmeseydi daha iyi olmaz mıydı?

Koridor boyu gidiyorlardı. Bir gardiyan devamlı Vedat'a bakıyordu... Vedat bunu fark etmişti. Bir korku vardı içinde. Ya tanıdıysa... İdam edilmeden önce nüfus kontrol yerine getirdiler. Memur soruyordu:

— Adın soyadın?

— Ebazer İmanel.

— Baba adın?

— Muhammed.

Sorgu devam ederken birinci gardiyan dayanamadı.

— Bu sorgulama bana öyle saçma geliyor ki, bunu asla anlatamam. Dışarı çıkılsa tamam diyeceğim. Ama adam ölüme gidiyor. Her halde kendi kendisine ihânet edecek değil ya.

Şüpheci ikinci gardiyan:

— Belki başkasının yerine asılacaktır, kim bilir?

Birinci gardiyan:

— Olur mu öyle şey? Ben romanlarda masallarda öyle bir olaya rastlamadım da, şimdi gerçek hayatta mı rastlayacağım?

Vedat birşey söylemeden olayları izliyordu.

— Biraz acele eder misiniz? İşim var.

— Dur be kardeş görevimizi yapalım.

Cellatın konuşması Vedat'ın dikkatini çekmişti. Ona sordu:

— Sizin isminiz nedir?

— İsmim İshak Mayir.

— Sen Yahudi misin?

— Evet Yahudiyim, birşey mi oldu?

— Vedat feci bozulmuştu.

"Neden sen?" sonra gardiyanlara sordu:

— Neden bizi Yahudi asıyor?

Birinci gardiyan:

— Ne yapalım, cellat bulunmuyor. Müslümanlar cellatlık görevi yapmıyorlar. Ama Yahudi,

Vedat sözünü kesti gardiyanın: Ebazer'in bir sözünü hatırlamıştı.

— Yahudi bu işi severek yapıyor değil mi?

Birinci gardiyan:

— Sana ne be kardeşim. Sen birazdan asılacaksın, seni kim asarsa assın ne farkeder?

Cellat yine acele ettiğinden cezaevinin arka kısmına doğru yürümeye başladılar. Cellat, üç gardiyan, bir kaç memur da seyre gelmişti.

Vedat'ın gözüne biraz ilerde duran cübbeli bir din görevlisi ilişti... Ama bir şey sormadan yanından geçti.

Vedat'a beyaz elbise giydirilmiş elleri arkasından bağlanmış öyle götürüyorlardı, İdam sehpasına.

İşte dışarı çıktılar. Lapa lapa kar yağıyor.

Vedat önce sağa sola baktı. Sonra biraz ilerde duran darağacına ilişti gözleri.

Bir an ürperdiğini hissetti. "Birazdan şu ipte olacağım" der gibi bakıyordu.

Bu arada ikinci gardiyan geldi. Vedat'ın kulağına fısıldadı:

— Bana bak arkadaş. Sen C 5'deki PiçVedat değil misin?

Vedat buz gibi olmuştu.

— Hayır. Benzetiyorsun.

Gardiyan:

— Hayır. Katiyyen yanılmıyorum. Sen, Ebazer hocanın yerine kendini astırıyorsun.

Bu arada cellat iple, sandalyenin yerleştirilmesiyle

meşguldü.

Bu saatlerde Ebazer'in asılacağını bilen 9. koğuştaki müslümanlar da ğalayarak marş söylüyorlardı:

Güle güle git ey sevgili yolcu,
Seni taşıyan meleklerin görünmez ucu,
Gider gitmez Resûlü göreceksin
Böylece murada ereceksin.
Biz de yılmayacak çalışacağız.
O gün mahşerde kavuşacağız.

Ölüm sana dokunmaz ey mücâhid
Dileriz olursun çok güzel şehid
Güle güle git ey sevgili yolcu
Seni asan cehenneme taburcu.

Allahu ekber
Allahu ekber
Bir gün uyanacak dünya
Bunun için çalıştın ya.
Dileriz cennetten izinle görürsün
Bakarsın bu dünyaya övünürsün.

Sen bizim şerefimizsin ey sultan
Sana feda olsun binlerce can
Şehidlerin etkisi güneş gibidir sönmez
Ne yazık her şehidin kadri bilinmez!!!
Senin değerini toprak bile bilecek.
O yüzden seni incitmeyecek.

Allahu ekber.

Allahu ekber.

Vedat dikkatlice ve hüzünle, sesin geldiği tepedeki küçük pencereye baktı. Gözlerinden iki damla yaş akıyordu, ama bu iki damla çok şeyler söylüyordu.

İkinci gardiyan yine sordu:

— Neden inkâr ediyorsun? Sen, o'sun biliyorum. Benden saklama. Ben onu sevenlerdenim. Vedat gardiyanlara güvenini yitirmişti bir defa. Artık kimseye inanamıyordu. O yüzden yine yalan söylemişti.

Celladın sesi duyuldu:

— Hadi gel bakalım... Avrupa kanunları ile devlet kurmak varken, İslâm devleti kurmaya çalışmak neymiş şimdi görürsün.

Vedat etrafındaki herkesi cellat gibi görüyordu. İkinci gardiyana baktı. Gardiyanın ağladığını görünce şaşırmıştı. Gardiyan, celladın azarlamasını da hazmedemiyordu.

— Cellat efendi. Mahkûm azarlama hakkını nerden aldınız?

Cellat bu sistemlerin kendisinden yana olduğunu biliyordu. Onun için hakaret edebiliyordu. Birden birinci gardiyan sordu:

— Sahi, bu mahkûma din adamı geldi mi?

Vedat hıristiyan filmlerindeki îdamları hatırladı. Ordan alınmaydı bu işin aslı. Orda papaz, burda imam... Papazın işinde kullanılıyordu. Her şeyini hıristiyanca yapan düzen, îdamlarını da hıristiyanca yapıyordu. Sessizce sordu Vedat:

— O halde neden gelmiyor din adamı?

İkinci gardiyan.

— Sen istiyor musun?

— Evet.

İki dakika geçmeden din adamı gelmişti. Herkesin burunları, saçları ve kulakları kar tutmuştu. Elbiseler bembeyaz olmuştu. Din adamına sordu Vedat: "Ben yaşarken neden bana gelmedin de ölürken geliyorsun" Din adamı şaşırmıştı Vedat devam etti.

— Seni bu işe kim görevlendirdi?

— Tabi ki, devlet...

— Devlet benim neyimi düşünüyormuş?

İmam yere bakarak cevap verdi:

— Âhiretini düşünüyormuş.

Vedat ağır bir top gibi cevap verdi:

— Benim dünyamı düşünmeyen devlet ahiretimi mi düşünüyormuş? Sonra hemen ilave etti:

— Ona asla inanmıyorum. Ne zaman ona inansam, beni Avrupa'nın ya kapısına, ya da kilisesine ya da ceza evine götürdü... Evet ona inanmıyorum. Dilerim sen de inanmazsın imam efendi. İslâm'ı ortadan kaldırmak için gelen sistem, sen de İslâm'ın tamını bırakmaz. Benim dünyamı zindan eden sistem, âhiretimi de asla düşünmez.

Ebazer'in sözünü hatırladı.

– Öteki yarısını bul hoca efendi.

İmam mahsun bir şekilde cevap verdi yine:

— Biliyorum. Ama...

Vedat böldü sözünü.

— O halde sen, onun söylediği dini değil de, kendi dinini anlat olur mu?

İmam da ağlamaya başlamıştı:

— Bizi bize bırakmıyorlar. İnşaallah bir gün bırakırlar.

İkinci gardiyan gözleri yaşlı olduğu halde sordu:

— Son isteğin nedir Ebazer Bey?

Vedat hemen cevap verdi:

— Bir yerde okumuştum. İki rekat namaz kılmak istiyorum.

Yahudi cellat bağırarak,

— Olmaz benim acelem var.

Vedat nefret dolu gözlerle, cellatın taa gözlerinin içine baktı. Bir kaç saniye bakışı devam ettikten sonra birden cellatın yüzüne tükürdü sonra söylendi.

— Bizim yüzlerce kardeşimizi öldürttünüz. Size hiçbir şey yapmadık. Hiç olmazsa bir kez bari tüküreyim, tükürüğün bile utandığı yüze.

EBAZER'İN DURUMU

Birden bire kapının vurulmasıyla uyandı Ebazer,

Gözünü açar açmaz ranzanın altını görünce yüksek sesle söylendi;

— Allah Allah burası da neresi acaba? Mezarlık olabilir mi? Öteki dünya mı burası?

Sonra ikinci kattan aşağıya baktı... Şaşkın ve neye uğradığını bilmiyordu. Sonra saatine baktı. Yine söyleniyordu:

— Allah, Allah. Benim asılmış olmam lazımdı ne oldu acaba? Hemen aşağıya inip etrafa baktı Vedat yoktu. Konuşma özürlü genç te ağlayarak ona bakıyor, bazı işaretler yapıyordu.

Ebazer anlamayınca eline yazmayı uygun gördü genç delikanlı. Elinde şu ibareleri yazmıştı.

"— Hocam! Vedat senin yerine idama gitti."

Ebazer şok olmuştu. Olduğu yere çöktü...

— Aman Allah'ım bu nasıl iştir böyle! Vedat nasıl yaptı bunu! Kapının vurulma sesine Ebazer cevap verdi.

— Kimdir o?

— Ben gardiyan. Vedat hazırlansın, tahliye saati bir saat geçmiş.

Ebazer neye uğradığını yine şaşırmıştı. Konuşma özürlü Hasan işaretle "sus" dedi. Sonra mektubu verdi ona; Ebezer bir yandan mektubu okuyor, öte yandan gardiyana cevap veriyordu.

— Beklemeyin, ben hazır olunca haber veririm.

Eline aldığı mektubu titreyerek okuyordu Ebazer;

"Sevgili canım imam.

Sen bu mektubu okuduğunda ben şehid olmuş olacağım. Sen bana lâyık görmedin ama ben başardım işte. (Şaka yapıyorum anlıyorsun değil mi?) Evet, ben şehid olmuş olacağım. Sen benim tahliye saatim geldiğinde, benim yerime dışarı çık. Bundan sonra hayatın boyu benim nüfus kağıdımı kullan. Semtini değiştir. Seni kimse arayıp sormaz benim tarafımdan. Tanıyan bile olmaz. Ondan dolayı hiç korkma. İlk işin Hatice bacımla evlen. Allah sizi mutlu etsin. Onu sakın incitme emi. Sokaktaki güzellere özenme sakın. Çirkin bile olsa, sana senin olandan fayda var. Sen bunu benden iyi biliyorsun. Onu el kapısından kurtar. Sahi unutmuşum. Siz düğününüzü yapmıştınız, evliydiniz. Unutkanlığım var. Nüfus kağıdımı cebine koydum hemen ezberle.

Sevgili hocam, bana demiştin ki, "bu dava öyle bir davadır ki, içinde hainleri olduğu gibi, senin için canını verenler de çıkar. Çok fedakârları, yiğitleri vardır bu davanın. İşte o nokta beni çok etkiledi... O sözünü her yerde söyle olur mu? Müslümanların hepsi birbirini yer gibi geliyor dışardan insanlara. Artık bu imaj yıkılmalı. Bir de şu İslâm'ın yarısı konusunu anlatmıştın ya; on, ikiye bölünse ne kalır? dedin. Bir şeyin bütünü bölünürse yıkılır,

İslâın ise hiç bölünmez. Bunları ben çok düşündüm. Gerçek senin dediğin gibiydi. Bu ülkede, İslâm'ın öteki yarısı saklanıyordu. İşte onun için senin yerine ben gidiyorum. Sen ve öteki müslümanlar, İslâm'ın öteki yarısını tamamlayın. Benim gibileri kurtarın.

O yüzden sen davaya lâzımsın. Ama ben hiç bir işe yaramazdım. Ne olur kendini ipe verdirmeden dışarı çıkmayı başar.

Öteki dünyada buluşmak üzere
Hoşçakal canım hocam
İmanlı imamım hoşçakal.

O gün cennet bahçesinde
Bir ağacın dibinde beklerim seni.
Sakın ha sevgili hocam,
Tanımamazlıktan gelme beni.

Sen kurtaracaksın Vedatları
Sokaklar bekliyor seni,
Bir sokak çocuğu görürsen
Hemen hatırla hocam beni.

Elveda güzel hocam ben gidiyorum.
Allah izin verirse eğer bana
Kevser başında seni bekliyorum.

Kanı beşpara etmez
ama canı işe yarayan
Vedat.

Ebazer mektubu okuduktan sonra tekrar ayaklarının üzerinde yere çöktü. Vedat'ın sabaha karşı yaptığı konuşmayı hatırladı. "Biliyor musun imam? Hatice bacım için dua ettim. Allah'ım onun muradını ver. Onun gönlüne göre ver" dedim.

Ebazer gözyaşlarını silerken bir nefes alıp acı acı mırıldandı.

— Allah duanı kabul etti Vedat'ım. Allah Hatice'nin gönlüne göre verdi. Sağ olasın...

Sonra dua etmeye başladı.

— Ey Allah'ım! Vedat için senden ayrıca rica ediyorum. Onu en büyük şehidlerin içine koy. Ondan razı ol...

Hemen olduğu yerden toparlanıp kendine geldi.Bu mektubu derhal yırtmalıydı... Ruhunun derinliklerinden Vedat'ın sesini duyarcasına duraklayıp mektubu yırttı... Sonra yırtık mekbunun parçalarını öperek söylendi:

— Bilsem ki yakalamıyacaklar, senin mektubunu asla yırtmazdım. Sana da mektubuna da kıymazdım. Ama beni yakalarlarsa yine asarlar. Senin ölümüne o zaman çok yazık olur. Senin hatırın için inşaallah yakalanmayacağım. Senin için buna daha çok dikkat edeceğim.

Sonra gözyaşları içinde şiirini mırıldandı:

Güle güle git ey sevgili yar.

Gezsem de bulunmazsın diyar diyar.

Seni, ölsem bile ruhum unutmaz

Milyonlar içinde sen gibisi bulunmaz.

Yaktın beni şehid kardeşim yaktın

Ateşler içinde beni mesul bıraktın.

Önceleri birdi şimdi on çalışacağım

Rüya gibi bir şeydin sen, seni anlatacağım.

Kimi inanacak sana kimi masal diyecek.

Ruhu fedâkar olanlar seni hemen bilecek.

Ruhun şad olsun ey sevgili şehid

İnşaallah ben de olurum güzel mücâhid.

Sonra elindeki mektup parçalarını tekrar tekrar öptü "nerde bir mezarlık görsem hep o mezarlarda sen varsın gibi seni arayacak hep dua edeceğim" diye mırıldandı.

Tam bu esnada gardiyanın sesi duyuldu:

— Tahliyeci Vedat uyuyor musun? Hâlâ ne duruyorsun anlamadım?

Vedat vedalaşarak çıktı. Şişman adam uyandığında, Vedat'ı tahliye, Ebazer'i de idam edildi zannedecekti.

Vedat heyecanlıydı. Çıkış kapısında ana adı, baba adı soruluyordu. Ya hata yaparsam diye düşündü. "Yakalanır mıyım acaba?" diye korkuyordu... Heyecanlı dakikalar bitmek bilmiyordu.

Ebazer, ipten kurtulduğuna mı sevinsin, Vedat'ın gidişine mi üzülsün? Ne yapacağını ne düşüneceğini kestiremiyordu. Kendisini kaynar kazana sokulmuş, sonra o kazandan alınıp soğuk bir havuza atılmış gibi hissediyordu...

Şaşkınlıktan kendi etrafında bir kez döndükten sonra Hasan'a baktı...

Sadece ağlıyordu... Hasan da aynı kaderi paylaşıyordu. Gardiyanın kapıyı açmasıyla kendilerine geldiler. Ebazer bavulunu eline alıp hemen kapının önünde belirdi. Hasan da yanındaydı. Bir birlerine sarılıyorlardı...

Gardiyan:

— Vedat Bey lütfen acele ediniz. Bizim de işimiz gücümüz var.

Hemen sarılmış oldukları halden kendilerini sıyırdılar. Vedat derin derin Hasan'ın gözlerine baktı.

— Biliyor musun Hasan? Seni hiç unutmayacağım. Ne zaman bir cezaevi görsem içinde derdini söyleyemememiş, haksızlığını ispat edememiş birilerinin olduğunu hatırlayacağım.

Ebazer'i dışarı çıkartan gardiyan şişman adamla Hasan'ı dünyalar kadar işlerin döndüğü küçük koğuşta bırakmıştı. Yavaş yavaş kayıt kontrol kapısına doğru yürüyorlardı.

Ebazer'in yürüdüğü cezaevi salonunun duvarının arkasında başka işler dönüyordu. İkinci gardiyan yine eğilmişti; Vedat'ın kulağına,

— Vallahi sen Ebazer değilsin. Ama sağolasın. Allah senin yerini cennet etsin. Korkma ben de müslümanım.

Herkesin şaşkın bakışları arasında seccade de getirilmişti.

Yahudi cellat:

— Bak bir de devletimizi beğenmiyorsun, seccade bile veriyor sana.

Vedat yine kin dolu gözleriyle bir müddet baktıktan sonra cevap verdi:

— Senin "devletim" dediğin şey benim elimden alınmış olan şeydir. İkimiz aynı şeye "benim" diyemeyiz!

Ölüme gitmek yakışıyordu Vedat'a kırk yıllık müslüman gibi huşu içinde namaz kılıyordu. Namazını kıldıktan sonra dua etmeye başladı:

— Allah'ım! Ey güzel yaratıcım! İşte senin sır âlemine geliyorum. Her şeyi senin için yaptım. Bana kırıldığın şeyler varsa, beni affet Allah'ım.

Ey Allah'ım! Bir ömür boyu seni sevmeyelim diye ellerinden geleni yaptılar. Seni bize unutturdular. Geç kaldım Ya Rabbi, bu yüzden sana dönmekte geç kaldım. Ne olur affet Allah'ım. Senden başka kimsem yok. Gidecek bir kapım da yok.

Beni bu dünyadan alır almaz, kendisini çok merak ettiğim Muhammed'i, canımı feda ettiğim o yüce dinin sunucusu Hazreti Muhammed'i göster bana.

Yahudi cellat yine durmuyordu.

— Biraz acele dedik ya. Biraz da öteki tarafta yalvar.

İkinci gardiyan büyük bir hızla bir tekme indirmişti cellata. Cellat şaşırmasına rağmen bozuntuya vermiyordu. Vedat da oralı değildi. O dua ediyordu.

— Sen de biliyorsun Allah'ım. Elimden tutan yoktu...

Sonra ikinci gardiyana seslendi:

— Gelir misin?

Gardiyan gelmişti hemen. Vedat tedbiri elden bırakmadan konuştu.

— Madem ki bize dostsun. Mezarımın nerede olduğunu öğrenebilirsen geride kalan arkadaşıma yerini söyle. Şimdi hazırım. Allah'a şükürler olsun ki, müslüman elinden çekilmeyecek ipim. O beni gerçekten öldürürdü.

Sonra cellat, onu ipe götürdü masanın üstüne çıkardı Vedat'a İkinci gardiyan göz yaşları içinde sordu:

— Son sözün nedir?

Vedat ip boğazında olduğu halde cevap verdi.

— Son sözüm şu, sevdiğim birinden duymuştum. "İnsanlara zulmeden hiçbir sistem uzun ömürlü olamaz!!!

Ve çektiler Vedat'ın ipini... Ve şehid oldu sokak çocuğu Vedat.

Bunu yazmaya can dayanır mıydı, ama dayandı işte.

Bir duvar. Bir tarafında birisi ölüme, öteki tarafında diğeri yaşamaya gidiyordu.

İki ayrı dünyaya şahid oluyordu aynı duvar.

Ne ilginçti şu dünya aynı yerde neler oluyordu. İnsanlar olanların farkına varamıyorlardı.

VE DAHA SONRA

Memurlar cellatlar ve birinci gardiyan gitmiş, ikinci gardiyan ile din adamı kalmıştı Vedat'ın cesedinin yanında. İkisi de ağlıyordu.

İkinci gardiyan ipte sallanan cesedi aldı... Onu öpmeyi ihmal etmedi. Öptü, öptü ve yine öptü.

— Mert kardeşim benim. Kahraman şehidim, senin gibisi bulunur muydu bu alemde? Bir de bana inanmış olsaydın ne olurdu? Ama kahrolsun bu meslek.

Kar yağarken tabutun içine konmuştu Vedat. İkinci gardiyan söylendi, bazı müslümanlar birbirlerini yerken, seni duyarlar inşaallah.

Gardiyan, gençlerin okuduğu marşın bir kısmını hatırladı. Yüksek sesle okuyordu.

"Senin değerini toprak bile bilecek,

O yüzden seni incitmeyecek."

Ebazer de aynı anlarda cezaevi dış kapısına doğru yol alıyordu. Şaşkındı...

Bir an annesini ve Hatice'yi düşündü.

— Şimdi beni asıldım sanıyor durmadan ağlıyorlardın.

Gardiyanın sesiyle irkildi:

— Bakın kardeşim. Sakın bir daha suç, işlemeyin.

Gördün bak, on yıldır buraların durumunu; dikkatli olun!...

Ebazer "hayır ben on yıllık mahkûm değildim" diyecekken aklını başına aldı. Öyle ya, bu adam Ebazer'e değil Vedat'a nasihat ediyordu...

Herşeye tamam diyordu Ebazer. Şu anda tek düşündüğü şey şu kapıdan çıkabilmek, toprağa adım atmaktı. Ordan ötesini sonra düşünecekti:

Gardiyanla dış kapıya kadar geldiler. Gardiyan:

— Hadi, Allah bir daha buraya getirmesin, çıkın.

Ebazer şaşırmıştı:

— Bu kapıdan çıkınca tamam mı işim?

— Tamam ya.

Ebazer:

— Yani şu kapının arkasında dışarısı mı var?

— Evet... Haydi yolun açık olsun.

Gardiyan kapıyı açınca fırtınayla beraber kar serpiştiriyordu, Ebazer adımını dışarı atar atmaz ayağının karın üstünde olduğunu farketti.

Gözlerini kısarak gökyüzüne bakmak istedi. Ama kar öylesine şiddetli yağıyordu ki, bakamadı.

Sağa sola baktıktan sonra adımını atarken Vedat geldi aklına. Bir adım attıktan sonra Vedat'ı görmüş gibi:

— Teşekkür ederim Vedat'ım. Sana söz veriyorum ömrüm oldukça, İslâm'ın anlatılmayan öteki yarısını anlatacağım.

SON

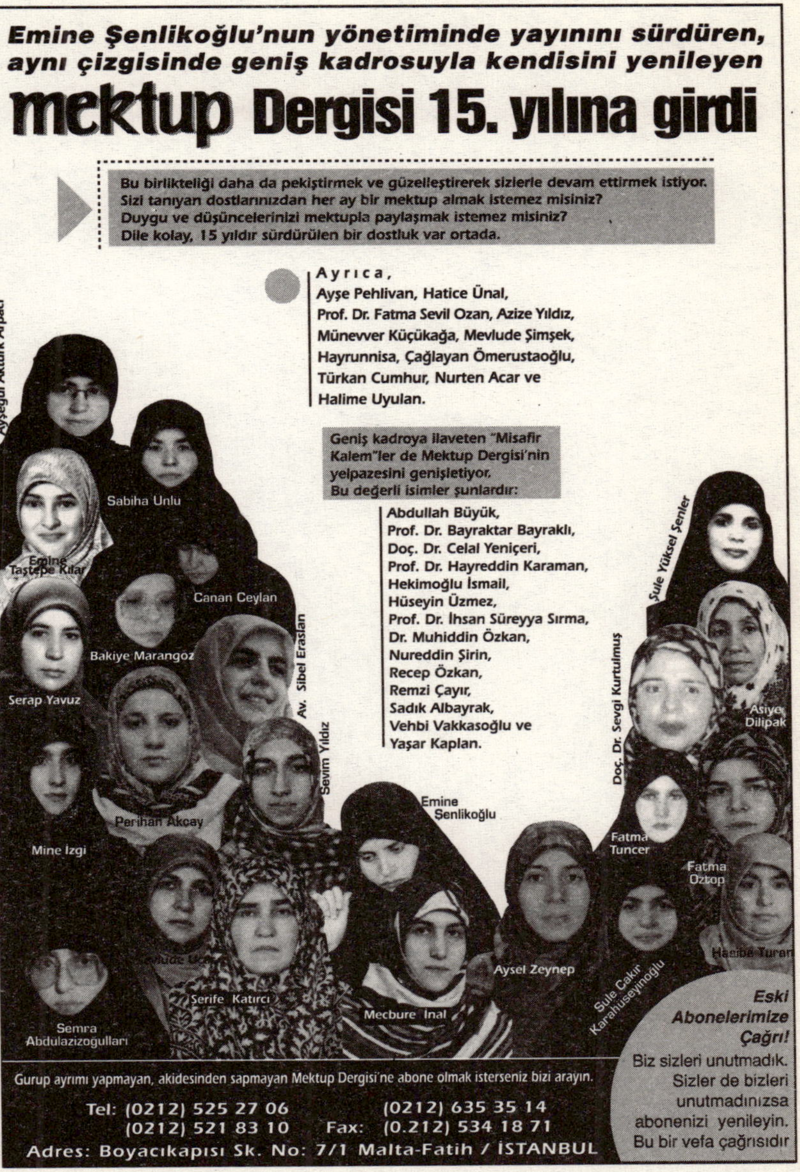
Emine Şenlikoğlu'nun yönetiminde yayınını sürdüren,
aynı çizgisinde geniş kadrosuyla kendisini yenileyen
mektup Dergisi 15. yılına girdi
Bu birlikteliği daha da pekiştirmek ve güzelleştirerek sizlerle devam ettirmek istiyor.
Sizi tanıyan dostlarınızdan her ay bir mektup almak istemez misiniz?
Duygu ve düşüncelerinizi mektupla paylaşmak istemez misiniz?
Dile kolay, 15 yıldır sürdürülen bir dostluk var ortada.
Ayrıca,
Ayşe Pehlivan, Hatice Ünal,
Prof. Dr. Fatma Sevil Ozan, Azize Yıldız,
Münevver Küçükağa, Mevlude Şimşek,
Hayrunnisa, Çağlayan Ömerustaoğlu,
Türkan Cumhur, Nurten Acar ve
Halime Uyulan.
Geniş kadroya ilaveten "Misafir Kalem"ler de Mektup Dergisi'nin yelpazesini genişletiyor.
Bu değerli isimler şunlardır:
Abdullah Büyük,
Prof. Dr. Bayraktar Bayraklı,
Doç. Dr. Celal Yeniçeri,
Prof. Dr. Hayreddin Karaman,
Hekimoğlu İsmail,
Hüseyin Üzmez,
Prof. Dr. İhsan Süreyya Sırma,
Dr. Muhiddin Özkan,
Nureddin Şirin,
Recep Özkan,
Remzi Çayır,
Sadık Albayrak,
Vehbi Vakkasoğlu ve
Yaşar Kaplan.
Ayşegül Aktürk Arpacı
Sabiha Unlu
Canan Ceylan
Bakiye Marangoz
Serap Yavuz
Av. Sibel Eraslan
Sevim Yıldız
Perihan Akcay
Mine İzgi
Emine Şenlikoğlu
Şule Yüksel Şenler
Doç. Dr. Sevgi Kurtulmuş
Asiye Dilipak
Fatma Tuncer
Fatma Öztop
Hasibe Turan
Aysel Zeynep
Şule Çakır Karahüseyinoğlu
Mecbure İnal
Şerife Katırcı
Semra Abdulazizoğulları
Eski Abonelerimize Çağrı!
Biz sizleri unutmadık. Sizler de bizleri unutmadınızsa abonenizi yenileyin. Bu bir vefa çağrısıdır
Gurup ayrımı yapmayan, akidesinden sapmayan Mektup Dergisi'ne abone olmak isterseniz bizi arayın.
Tel: (0212) 525 27 06 (0212) 635 35 14
(0212) 521 83 10 Fax: (0.212) 534 18 71
Adres: Boyacıkapısı Sk. No: 7/1 Malta-Fatih / İSTANBUL